お邪魔しますよ
バトラー管理官
何をしに来た
大陸間弾道ミサイルが
発射されたと
聞いたんでな
回収しに来た
…………わたしのことか
他に誰がいるよ

クラッシュ・ブレイズ

パンドラの檻

茅田砂胡

Sunako Kayata

C★NOVELS Fantasia

口絵
挿画　鈴木理華
DTP　ハンズ・ミケ

1

連邦大学惑星はその名の通り、学生中心の星だが、大人が楽しめる店や街がないわけではない。

自動二輪車がずらりと並ぶ店内に、子どもの姿は見られない。少年たちはショウウィンドウの外から高価なマシンを羨《うらや》ましそうに眺めているだけだ。

ケリー・クーアはその店内をぶらりと見て回り、小山のようなマシンをしげしげと眺めていた。

店員がさりげなく近寄って声を掛ける。

「いかがでしょう。最新型ですよ」

表示されている仕様書を指して、ケリーも笑って答えた。

「パワーが出そうだな」

「それはもう。本物の暴れ馬のようなものですから、よほどの方でないと乗りこなせませんが……」

お客様なら——と続けた言葉はお世辞ではない。

ケリーは標準男性を遥《はる》かに上回る長身で、見事に均整の取れた体つきをしている。見る者が見れば、かなり『乗れる』ことは一目でわかる。

その日、ケリーは珍しく一人だった。

妻は用があって留守にしているし、相棒も先日の無茶な操船がたたって船渠《ドック》にいる。

黒光りする巨大な自動二輪車をもう一度眺めて、ケリーは言った。

「そうだな。もらっていこうか」

「ありがとうございます」

取りあえず手付けを払って、ケリーは店を出た。

他にも銃器店を覗《のぞ》き、今度は一転してスーパー・マーケットで細々とした日用品を注文し、そろそろ昼飯にするかと思っていた時だ。

妙な気配に気がついた。

誰かが物陰からこちらの様子を窺《うかが》っている。

その誰かは——一人ではない、二人組のようだが、目立たぬように自分の後を尾行してきている。

異変に気づいても、ケリーは振り返らなかった。

何食わぬ顔で足を進めながら、さて、この連中の狙いは何だろうと、自分の所行を思い返してみた。

今の自分は共和宇宙中に顔を知られている有名な実業家ではなく、共和宇宙中に指名手配されている高額の賞金首でもない。

ただし、今の自分が人目を引く自覚ならある。

この容姿に女性が惹《ひ》かれるというならわかるが、つけてくるのは男二人のようである。

それも、害意があるわけではないらしい。

何のつもりか正面から訊いたほうが早いと判断し、ケリーは二人を待ち伏せて、のんびりと声を掛けた。

「俺に用かい？」

二人は明らかにぎょっとして立ち止まった。

白髪交じりの痩《や》せた中年男と、三十がらみの背の高い男だが、やはり殺気も緊迫《きんぱく》した雰囲気もない。

中年男が間延びした口調で話しかけてきた。

「ケリー・クーアさん？」

「そっちから名乗ったらどうだい？」

「失礼しました。警察のものです」

男が提示した身分証明書は本物だった。

少なくとも本物に見えた。

連邦大学ウォールトン州警察署所属ジェラルド・ベインズ警部とある。

意外だったのはその所属だ。

ウォールトン州はこのサンデナン大陸ではなく、南半球にあるグランピア大陸の州である。

当然、管轄《かんかつ》も異なるはずだが、相手はあくまでものんびりと切り出してきた。

「ちょっとお話を聞かせていただきたいんですがね。十四日の午後十一時——ペーターゼン時間の二十三時頃ですが、どこにいました？」

一週間前の日付である。

いきなり思い出せと言われても難しい。

首を傾《かし》げていると、ベインズ警部はさらに言った。

「レイチェル・アストンという女性をご存じで？」

「いいえ」

「アルトラヴェガという会社の——ウォールトンのトリジェニス市にその支社がありましてね。そこの社員なんですが、本当にご存じない？」

アルトラヴェガ社ならケリーも知っている。

共和宇宙全域でも十指に入る巨大な製薬会社で、バイオ研究でも名高いところだが、ウォールトンに支社があるとは知らなかった。

肩をすくめた。

「警部さん。はっきり言ってくれませんか。これは何事です。いったい俺に何の容疑が掛かっているというんです？」

ベインズ警部は困ったように頭を掻《か》いた。

「実はですね、レイチェル・アストンが、あなたを告訴《こくそ》する旨《むね》の告訴状を出したんですよ。そうなるとこちらとしても捜査せざるを得ないんですわ」

「告訴？」

「はい」

「見ず知らずの女性に恨まれる覚えはありませんが、罪状は何です？」

「強姦《ごうかん》です」

耳を疑うとはまさにこのことだ。

事実、ケリーは呆気《あっけ》にとられて警部を見返した。

「十四日の二十三時、トリジェニスの時間では深夜過ぎになりますが、レイチェル・アストンは現地のホテルであなたに乱暴されたと主張しています」

「とんでもない濡《ぬ》れ衣《ぎぬ》だ」

きっぱり断言したケリーだった。

「第一に、俺はトリジェニスはおろかグランピアに行ったことすらありません。第二に俺はその女性を知りません。名前も今初めて聞かされたくらいです。第三に、これが肝心だが、その事件を担当しているウォールトン州警察のあなたが、このサンデナンでうろうろしている俺に何故気づいて尾行することができたのか、ぜひとも聞かせてもらいたいですな」

露骨《ろこつ》な疑いの眼で見られて、警部は肩をすくめた。

「ごもっともで。告訴状に記された住所はでたらめ、勤め先もでたらめでしてね。警察《うち》としてもこりゃあ無理だろうと思っていたんですが、市民から通報があったんですよ。ケリー・クーアと名乗る男がこの界隈《かいわい》によく出没するとね」

「ほう？　それだけでわざわざ海を越えていらした。警察とはいつからそんな暇な組織になったんです」

「それが、そうとも言いきれないんですわ」

警部は地味なスーツの内ポケットから携帯端末を取り出すと、画像を表示させてケリーに見せた。

思わず自分の眼を疑ったケリーだった。

見覚えのないスーツを着て、見たことのない柄《がら》のネクタイを締めた自分が映っている。

背景は会社の室内のようだが、間違いなく初めて見る場所だ。

さらに極めつけが、その自分は一人ではなかった。

まったく見たことのない若い女性と肩を並べて、楽しそうな笑顔で映っている。

絶句しているケリーに、警部がやんわりと言った。

「これはあなたですね？」

ベインズ警部が確信を持って言うのも当然だった。そのくらい、どう見てもケリー本人に見えるが、ケリーは大きな息を吐いて首を振った。

「一見したところ俺に見えるという点は認めますよ。ですが、これは断じて俺じゃない」

「覚えがないとおっしゃる？」

「ありません。この女性がレイチェルですか？」

「いいえ、それは彼女の部下ですよ。レイチェル・アストンはもっと年上でして、四十歳近いでしょう。もっとも、今でも独身ですし、なかなかの美人には違いありませんがね」

「警部さん。言わせてもらえば、今のその発言こそ女性蔑視《べっし》と言われかねないのではありませんか」

「いや、ごもっともで。一本取られましたな」

苦笑したものの、警部に退く気はないらしい。

「どうでしょうね？　立ち話も何ですし、ちょっとおつきあい願えませんか」

ケリーは何とも言えない眼で、小さな端末画面に映っている自分としか思えない顔を見つめた。

応じるより他なさそうだった。

2

事件の概要《がいよう》はこうだ。

アルトラヴェガの大学文社で製品開発を担当するレイチェル・アストンはおよそ一ヶ月前、ケリー・クーアと名乗る男と知り合った。

プライヴェートではない。会社で会ったのだ。

その男はレイチェルの仕事に関わる話を持って、事前に約束を取りつけて訪ねてきたという。

会ってみると、男の話には信憑性《しんぴょうせい》があった。

研究者として、同時に社内でも多額の金額が動く製品開発部の責任者でもあるレイチェルにとって、大いに興味を引くものだったのだ。

詳しいことを打ち合わせるため、その後も何度か社内で会って話をした。

ビジネスパートナーとして充分に信頼が置けると判断したレイチェルは、十四日の夜、初めて社外で食事をかねた会談の席を設けた。

そこで口にするのもおぞましい被害に遭った。

二人で会ったのが失敗と言われるかもしれないが、レイチェルを責めるのは酷である。男はその時まで申し分のない紳士を装っていたのだ。

レイチェルはしっかりした女性だった。

その足で警察病院へ向かった。

証拠を保全し、治療を受けた後、男を告訴《こくそ》したが、男が提示した住所も身分証明書もでたらめであったことがその時点で判明した。

喫茶店に腰を落ち着けたベインズ警部はそこまで話すと、珈琲《コーヒー》を飲みながらため息を吐いた。

「普通、この程度では——と言ってはまた被害者に悪者扱いされるでしょうがね、警察《わたしども》は動きません。動きようがないんですわ」

ところが、今回は事情が違った。

大手製薬会社のアルトラヴェガは連邦大学惑星にとっても無視できない存在である。

その上層部から直々に、是《ぜ》が非《ひ》でもその男を逮捕してほしいという強い要請があったのだという。

社員とはいえ、会社が個人の災難になぜそこまで関わるのかと言えば、レイチェルの口からその男が産業スパイであったと告げられたからだ。

「開発中の新薬の成分表だか何だか知りませんが、それを密かに持ち出してくれと男は言ったらしい。レイチェルが怒って拒絶した途端、男は豹変《ひょうへん》して、腕ずくで言うことを聞かせようとしたというんです。彼女の証言によれば、男はそれを盾《たて》にして、彼女に企業秘密を盗ませようとしたと言うんですな」

だが、彼女は脅迫には屈しなかった。

洗いざらいを警察に話し、社の上層部に報告した。

「そこからこっちにお鉢が回ってきた。社のお偉いさんが何人もうちの署を訪ねて、あたしらの上司に発破《はっぱ》を掛けていきましてね。どうやらレイチェルの研究していた企業秘密というのはアルトラヴェガにとって、かなり重要なものらしい」

その男がどこの会社の手先なのか、誰の差し金でこんな卑劣《ひれつ》な手段で当社の機密を盗もうとしたのか、是が非でも突き止めなくてはならない。

何より、こんな事件が世間に広まったら我が社の評判は極めて悪くなる。それは避けねばならないと、お偉いさんは力説したそうだ。

「警察としてもすべての宇宙港に手を回しとります。その男はまだ連邦大学《このほし》にいると思って間違いないが、学生も含めれば数億人の人口の中からたった一人の男を見つけ出せとは……言うほうが無茶ですわ」

ところが、一昨日になって匿名《とくめい》の通報があった。

ケリー・クーアなる人物がサンデナンのペーターゼン市周辺に頻繁《ひんぱん》に姿を見せるというものだ。

「ちょっと待ってください」

ケリーはあくまで冷静に質問した。

「俺自身は見た覚えはないんだが、その暴行事件はそれほど大々的に報道されているんですか」

「いいえ。事件の内容が内容ですからな。報道自体されていません。捜査も非公開です」

「おかしな話だ。それではその善意の通報者は俺を何だと思って警察に連絡したんです？」

「わからんのです」

それは一方的に送りつけられた通報で、発信者も特定できなかった。しかし、その通報にはご丁寧《ていねい》にケリーの画像が添付されていたという。

証拠として提出された写真と見比べるまでもなく同一人物とわかる。

ベインズ警部とその部下のウェスト刑事は上司に尻を叩かれるようにして海を渡り、写真そのものの男が街を歩いているのを今日発見したというのだ。

ケリーはますます顔をしかめた。

「冗談にもほどがある。あなたは俺がそのケリー・クーアだと本気で思っているんですか？」

「わかっとります」

意外にも警部は真顔で頷《うなず》いた。

「あたしらはこういうものを偽物の証拠と呼びます。言われるまでもなく、あからさますぎるんですよ」

携帯端末に再び先程の画像を表示させて言う。

「この写真にしたってそうです。同じ顔のあなたの前で何ですが、見ての通り水の滴《したた》るようないい男だ。この男が社に現れると、女の子たちが色めき立って大変だったそうです。彼女たちは口を揃《そろ》えて記念に――何の記念だか知りませんがね。この男と一緒に写真を撮りたがった。ですからこれはレイチェルが男に頼んで、わざわざ撮ったものなんです。こんな写真が他に何枚もあります」

携帯端末をしまって、ベインズ警部はやんわりと――しかし鋭い目つきでケリーを見た。

「どう考えても、これはあなたを嵌《は》めるための罠だ。そこでですな、ミスタ・クーア。逆にお尋ねしたい。強姦犯《ごうかんはん》の産業スパイに仕立て上げられるほど、人に恨まれている覚えはありますか？」

「見当もつきません」

憮然《ぶぜん》としてケリーは言った。本心だった。

「その男は写真の他には何か残していないんですか。指紋や掌紋《しょうもん》、声紋などは？」

「もっと決定的なものが残ってます。レイチェルの体内から検出された精液です」

ケリーは顔をしかめ、吐き捨てるように言った。

「胸くその悪くなる話だ」

「わたしどもも宮仕えでしてね。わたしらの上司はあなたを重要参考人として引っ張れと言うんですわ。——ご同行願えますかな」

「お断りします」

きっぱり言ったケリーだった。

「俺には同行する理由がない。あなたも俺の身柄《みがら》を押さえるより先に不在証明《アリバイ》を調べるべきでしょう」

「まったくで。あらためてお尋ねします。こちらの時間で十四日の二十三時頃、どこにいました？」

「では訊きますが、警部さん。あなたは一週間前の晩飯に何を食べました？」

ベインズ警部はちょっと眼を見張って、苦笑した。

「そう言われると困りますなあ……」

「普通の人間は一週間前のことなんか詳しく覚えているもんじゃない。俺もあいにくそんな器用な頭は持っていない。記録を調べて後ほどご連絡します」

「お願いします」

警部は頷いたが、釘を刺すことは忘れなかった。

「ミスタ・クーア。我々には無論、あなたの行動を規制する権限はありませんが、容疑が晴れるまでは旅行などは控えていただきたい」

「ご心配なく。俺の船は今船渠《ドック》入りしているのでね。逃げようにも逃げられません。ですが、船の修理が完了したら、俺は星《ここ》を出て行きます。それを止める権利はそれこそあなた方にはないはずだ」

今のケリーは市内のホテルを定宿《じょうやど》にしている。

職業は船乗りだと記入しているし、船が修理中で、しばらく滞在する予定であることも話してある。

警部は既にそのホテルに出向き、ケリーについて詳しい話を聞いていると見るべきだった。

ここで逃げたら犯人だと認めるようなものだが、ケリーは警察というものをそれほど信用する気にはなれなかったのだ。

それどころか、この一件は警察が仕掛けた罠ではないかとさえ疑っていた。

警部と別れた後、ケリーは船渠《ドック》にいるダイアナに連絡を取った。

ダイアナがここにいれば、レイチェル暴行事件の詳細がすぐに手に入っただろうが、彼女はあいにく船体の修理中で動けない。

その船渠もこの星からかなり遠いところにあって、恒星間通信を使わないと会話ができない。

事情を聞いたダイアナはとても機械とは思えない青い眼を見張って言った。

「強姦犯人？　あなたが？」

「まったく、一番ありがたくない罪名だぜ」

ケリーの口調も忌々《いまいま》しげだ。

「そんな無様な汚名を着せられるくらいなら、酒代ほしさに年金暮らしの老婆の財布をかっぱらったと言われるほうがまだましだ」

「その事件、本物なの？」

「俺もそれをおまえに調べて欲しかったんだがな」

「ちょっと無理ね。さすがに今のわたしの状態ではウォールトン州警察の資料までは覗《のぞ》けないわ」

「どのくらいで試運転に出られる？」

「そうね。後三日ってところかしら」

「それまで俺が逮捕されないように祈っててくれ」

げんなりと言って、ケリーは通信を切った。

しかし、問題の日付を調べてみると、幸か不幸か格好の証人が見つかった。

十五日の夜、ケリーは知人と呑みに行っている。

そして、その約束を取りつけたのが前日十四日の夜十一時過ぎだったのだ。

これ幸いとばかりに証言を頼むと、ルーファス・

ラヴィーは驚いたように言ったものだ。

「だけど、どうしてあなたの顔が使われたの？」

「こっちが訊きたい。この容疑が晴れないことにはダイアンを迎えにも行けやしねえ」

警部には威勢のいいことを言ったものの、警察と正面切って喧嘩《けんか》するのは利口なやり方ではない。

今のこの状況で星を出るのは怪しんでくれと言うようなものだ。

こうなると、名前を出せばどんな無茶でも通った昔の身分が懐かしくもあるが、通信機で話しながらケリーは苦笑した。

「女王がここにいなかったのが不幸中の幸いだな」

ルウも真顔で頷いた。

「あなたが強姦事件の犯人呼ばわりされたなんて、ジャスミンには言えないよねえ……」

「言えねえな。核弾頭ミサイルの発射ボタンを押すようなもんだぜ」

「ねえ。恐いこと聞くけど、そのミサイルはどこへ飛んでいくのかな。――あなた？　それとも……」

「間違いなく一番飛んでいって欲しくないところへすっ飛んでいくだろうよ」

ジャスミンは惑星ベルトランを訪れていた。

《パラス・アテナ》はジャスミンにとっても日常の足であるが、それが船渠《ドック》入りしているからと言って、この女王は旅客船に乗ったりはしない。

外洋型宇宙船を一隻借り、自分で操縦席に座り、通常旅程の半分以下の時間でベルトランに到着した。

戦闘機の達人のジャスミンだが、宇宙船の操縦も彼女の夫には一歩を譲るとしても、かなりの腕だ。

そうしてコーデリア・プレイス州の州都カーネル、その州政府官邸に州知事を訪問した。

州ごとに自治が認められているベルトランでは、州知事の職務量は小国の首脳にも匹敵《ひってき》する。

それぞれの州ごとに土地柄が出るのも特徴的で、コーデリア・プレイス州は自由主義的な気風だが、意外に保守的なところも残している。

三十四歳と極めて若いヴァレンタイン卿が、その家柄と前州知事の息子だからという理由で州知事の職にあるのがいい例だった。

しかし、親の七光りだけで得た地位ではない。ヴァレンタイン卿は四十八人いる州知事の中でも辣腕家《らつわんか》で知られている。

この日、ヴァレンタイン卿は州内の市長たちとの昼食会を終え、執務に戻ったところだった。

机についていざ仕事に掛かろうとした時だ。

補佐官のハモンドがわざわざ部屋までやってきて、妙な顔で言い出した。

「卿。お客さまがお越しです」

「そんな予定があったか?」

「ありません。約束なしにお見えになったんです。卿のお知り合いだとおっしゃるんですが……」

その時にはジャスミンは慌《あわ》てる秘書を振り切って勝手に執務室に通っていた。

「失礼します。ヴァレンタイン卿」

意外な人の姿を見て、卿は驚いた。

「これは、ミズ・クーア。どうなさいました?」

「お約束もせずに申し訳ありませんが、五分間だけ、お時間をいただきたいのです」

やんわりとした丁寧な口調だが、この人の体躯《たいく》と迫力も相まって、ちょっと逆らえない雰囲気である。

もとより知らない相手ではないし、卿は補佐官に下がっているようにと指示した。

二人きりになると、ジャスミンは腰も下ろさずに、単刀直入に切り出した。

「突然ですが、実はあなたに惑星を一つ受け取っていただきたくて参りました」

「……何ですと?」

ヴァレンタイン卿がぽかんとしたのも当然である。

「先日、ご子息を含む生徒たちが置き去りにされた惑星のことです。今まで気がつかなかったのですが、実はあれはわたしの所有名義の星でした」

ますます眼を剝《む》いてしまった卿である。

「あなたの――所有？」

「はい。法律上は。それを知らずにいたのですから、まったく情けない話です」

そう言いながらジャスミンは笑っていた。

「わたしも実際に下りてみましたが、驚きました。他のお子さんでしたら、あんなところで二十日間を生き延びることは不可能だったでしょう。しかし、ご子息は未開発のあの星を気に入ってくれたらしい。人っ子一人いない、手つかずの自然がとても快適で、過ごしやすかったと。ですから、わたしはあの星をご子息に贈りたいと思います」

ジャスミンは脇に抱えていた珍しくも古めかしい革張りの書類綴《と》じを卿に手渡した。

「これはあの星が個人所有であること、その権利と正当性を証明する書類一式です。本当ならご子息にお渡しするところですが、ご子息はまだ未成年です。管理は父親のあなたが担当されるのでしょうから、こうして参りました」

反射的にそれを受け取ってしまったものの、卿は呆気《あっけ》にとられていた。かろうじて言った。

「それでは、これは――惑星の権利証ですか？」

「そうです」

卿はまさに愕然《がくぜん》とした。

まじまじと眼を見張って、自分の手の上の書類を見つめてしまった。

惑星の権利証――。

もちろん正式名称は他にちゃんとあるのだろうが、そんなものが――そんな書類の現物が、まさかこの世に存在するとは思ってもみなかった。

宇宙開拓初期ならともかく、卿が生まれた頃には惑星の個人所有は事実上、不可能だった。

特例として認められていた時代でも、そのために解決しなければならない難問は山積みだったはずだ。

何より、この現代にそんなものを所有していたら、それだけで大事《おおごと》である。

実際に所有するための手続きの煩雑《はんざつ》さはもちろん、いったいどのくらいの税金が掛かるのか——。

ほとんど無意識に書類を返そうとした卿を制して、ジャスミンはやんわりと笑いかけた。

「ご心配なく。手続きはこちらで済ませておきます。税金や管理費なども今まで通りこちらで負担します。ご迷惑はお掛け致しません」

ヴァレンタイン卿はその貴重な書類を机に置くと、とことん深いため息を吐いた。

「ミズ。さしでがましいようですが、ご忠告します。あなたはもう少し一般常識を身につけるべきです。こんなものは気軽に人に贈るものではないし、受け取れるものでもない。それがわかりませんか？」

「これは心外です。わたしは決して常識外れの大盤《おおばん》振《ぶ》る舞《ま》いをしているつもりはありません。最低でもこのくらいのもので示さなければ、わたしの感謝の気持ちは表せない。そう申し上げているのです」

ジャスミンの表情は真剣そのもので、その声には真摯《しんし》な響きがあった。

掛け値なしの本気で言っていることは間違いない。

卿は再度、特大のため息を吐いた。

自分の長男は何から何まで型破りだが、友達まで規格外の人を連れてくる。

卿は首を振って、机の書類をジャスミンに向けて軽く押しやった。

「ミズ。あなたのご厚意には、あの子の父親として心から感謝します。ですが、これは受け取れません。本当に息子にやりたいとお考えでしたら、あの子に直に渡してやってください」

ジャスミンは灰色の眼でじっと卿を見つめている。

「持って帰れとはおっしゃらない？」

「それを言ったのでは、それこそあなたの気持ちを踏みにじることになる。確かに息子は未成年ですが、こんな大事なことを自分の知らないところで勝手に決められて何も感じないほど子どもでもありません。あなたがこれを贈りたいと考えているのが息子なら、わたしの一存で受け取るわけにはいきません」

ヴァレンタイン卿の茶色の眼も真剣だった。

その眼の色も顔立ちも長男には全然似ていないが、ジャスミンは苦笑して書類を取り上げた。

「おっしゃる通りですね。確かに、これは先走りが過ぎました。先にご子息に話をするべきでした」

卿も苦笑して立ち上がった。

部屋の出口までジャスミンを送ったが、その際、思わず尋ねていた。

「ご主人とはご相談の上ですか?」

「これはわたしの個人財産です。夫にいちいち断る必要はありません。夫もそれを求めないでしょう。ご子息の喜ぶことなら賛成するに決まっています」

自分より背の高い女性をまっすぐ見上げて、卿は不思議そうに問いかけた。

「お二人のお気持ちは非常に嬉しく思いますが——どうしてそこまでしてくださるのです?」

「ご子息にはそれだけの値打ちがあるからです」

ジャスミンは即答した。

笑って卿に握手を求めた。

「もちろん、あなたにもです。ヴァレンタイン卿。お忙しい中、失礼しました」

卿も笑ってジャスミンの手を握った。

「息子にも息子の友達にも驚かされっぱなしですが、あなたのような方が息子の友人でいてくれることは本当にありがたい。——感謝します」

連邦大学惑星に戻ったジャスミンは船を返すと、今度は車《エア・カー》を借りてアイクライン校に向かった。

こういう機械に対しては常に最高の性能を求めるジャスミンなので、もちろんただの車ではない。

レーシングカー仕様の真っ赤な車を借りて、その車を背もたれに、アイクライン中高等学校の校門の前に悠然《ゆうぜん》と佇《たたず》んでいた。

授業の終わった生徒たちが次々に走り出てきたが、恐ろしく派手な車と、その前に立つ桁《けた》外れに大きな女の人を見てぎょっと立ち竦《すく》む。

そんな中、金髪の少年はジャスミンを見つけると嬉しそうに駆け寄って声を掛けた。

「珍しいな。ケリーは一緒じゃないのか」

「こっちの台詞《せりふ》だぞ。シェラはどうした？」

あの少年は常にリィの側を離れようとしないのに姿が見えない。

「今日は部活動なんだよ。先に帰ってくれってさ」

「では、わたしとお茶でもどうかな？」

リィは喜んで派手な車に乗り込んできた。

車を発進させながら、ジャスミンは訊いた。

「きみは部活動はしないのか？」

「シェラだって正式にやってるわけじゃないんだ。助っ人を頼まれたんだよ」

十三歳の少年ながらシェラは器用に針糸を使う。

アイクライン校の手芸部は今、発表間近の大作に取り組んでいるが、期日までに間に合いそうにない。

そこでシェラに泣きついてきたというわけだ。

「いいのか。そんなことで？　部外者の手を借りた提出物では意味がないだろうに」

「ちゃんと製作者の中に名前を入れるってさ。針仕事じゃあ、おれには手伝いたくても手伝えない」

「わたしもあまり自信はないな。昔、夜営テントの繕《つくろ》いをやったくらいだ」

車は法定速度を守って街中を走っている。

あの惑星を受け取ってもらいたいとジャスミンが切り出すと、リィも驚いたようだった。

「星を？　丸ごと？」

「ああ。先にお父上に話しに言ったんだが、きみに断りもなく受け取るわけにはいかないと固辞された。なかなか頑固なお父上だな」

「それがアーサーのいいところだよ」

「ああ。立派なお父上だ」

「おれもそう思ってる」

頷いて、リィは隣のジャスミンを見上げた。

「おれが怪我《けが》をしたせいでそんなことを言うのなら、

本当に気にしなくていいんだ。その怪我だってもうぜんぜん何ともないんだから」

ジャスミンはちょっと笑って、小さな金の天使を見下ろした。

「きみは自分がそうしたいからジェームスを助けただけだと言うのだろう？」

「そうだよ。あれはおれが好きでやったことだ」

「わたしも同じさ。ジェームスの祖母として当然の謝礼をしたいからするだけだ」

「そうは言っても、お礼にくれるには大きすぎる品物だぞ」

「お父上もそうおっしゃったが、わたしの気持ちだ。——それとも、こんな申し出は迷惑か？」

リィは首を振った。

座席に深々と身体を埋めて、難しい顔で考えた。

「おれはジャスミンがくれるというものなら素直に感謝して受け取りたいと思ってる。だけど、おれの目標は『めざせ一般市民』だからな……。こんな時、一般的な子どもなら何て言うのかな？」

「言わせてもらうがそれは無駄な努力というものだ。どこから見ても、きみは一般的とは言いがたい」

「それ、ジャスミンに言われたくはないよ」

短いドライヴの後、ジャスミンの運転する車は、ホテルの前に着いた。

「ここのサロンは、なかなか本格的なお茶を淹《い》れてくれるんだ」

車を預け、ロビーに入ったジャスミンに、そっと近づいた人があった。

「失礼ですが、ジャスミン・クーアさんですね？」

「そちらは？」

素っ気なく答えた時には、ジャスミンの眼は鋭く相手を観察している。

年齢は三十歳くらい。ある程度鍛《きた》えた体つきをし、意図的に地味な上着の内側に銃を携帯している。

物腰はおとなしやかだが、対照的に目つきは鋭い。

そうした情報から予測される通りの身分証明書を

見せながら、男は言った。

「ウォールトン州警察のジョージ・ウェストです。ご主人のことで少しお話を伺《うかが》いたいのですが……」

「ウォールトン？」

首を傾《かし》げたジャスミンだった。

「グランピアの警察が夫に何の用です？」

「実はですね……」

ウェスト刑事はかいつまんで事件の概要を説明し、若い女性と並んで写っている男の写真も見せた。

「ご主人は身の潔白《けっぱく》を訴えていますが、これはどう見てもご主人以外の何者でもない。他人のそら似にしては似すぎています」

ジャスミンは無言でその写真を見つめていた。

一緒にいたはずのリィはいつの間にか傍を離れて、連れではないという態度を装っている。

「そこでお尋ねしたいんですが、ご主人には双子の兄弟か何かいませんかね？」

ジャスミンはにっこり笑って尋ねていた。

「ウェスト刑事の直属の上司はどなたかな？」

「はあ？　何故そんなことを？」

「わたしの夫を逮捕しろと言うのはウェスト刑事を指揮している上官の意思なのだろう」

「はあ。それは確かに……」

「だから、その上官の名前を聞かせてもらいたい」

「いえ、それよりまず、ご主人の話を……」

ジャスミンはウェスト刑事の肩にやんわりと手を掛けて促《うなが》した。

「そうだな。ここでは人の迷惑になる。落ちついて話のできるところへ行こう」

一流ホテルのロビーには人目につきにくい一角が設けられている。

たいていその奥には化粧室がある。

リィはそっと二人の後をついていった。

ジャスミンは人目が遮《さえぎ》られたと判断するや否や、柔和な態度をかなぐりすてていた。

ウェスト刑事を壁に叩きつけ、こともあろうに、左手で刑事の股間にあるものを無造作に摑《つか》んだのだ。

他人事ながら思わず同情したリィだった。

これは痛い。

悲鳴も上げられない強烈な痛みだ。

蹲《うずくま》ろうにもジャスミンの右手はウェスト刑事の喉元《のどもと》をがっちり固定してしまっている。

脂汗を浮かべて一瞬で硬直した刑事を見下ろして、ジャスミンは低く言った。

「役立たずにされたくなかったら、さっさと答えろ。おまえの指揮官は誰だ？」

ウェスト刑事は愕然としていた。

いくら身体が大きいとは言え、相手は女性である。こんな扱いを受けていることが信じられない様子だったが、内懐の拳銃に手をやるどころではない。

両手は完全に自由だったが指一本動かせない。

容赦のない激痛が脳天まで突き上げてくる。

「バ、バトラー管理官だ……！」

かすれた声で叫ぶのが精一杯だった。


ジャスミンは気絶させた刑事を軽々と担ぎ上げて、男子トイレの個室に放り込んだ。

自分も中に入って鍵を掛け、上の隙間から一瞬で飛び降りてくる。

化粧室に入ろうとやってきた紳士がぎょっとして飛び退いたが、ジャスミンはかまわなかった。

通りかかったホテルマンを呼び止めて言った。

「わたしの車を表に回してくれ。今すぐにだ」

ホテルマンはすぐに駐車場に連絡を取ってくれ、ジャスミンは足早に玄関に向かった。

そんなジャスミンの横をリィがついてくる。

「すまない。話は後だ。急用ができた」

「聞こえてたよ。——一緒に行く」

ジャスミンは黙って小さな少年を見下ろした。

リィもジャスミンを見上げて肩をすくめた。

「手は出さない。口も出さない。だけど一緒に行く。一人で乗り込むのだけはよしたほうがいい」

「では約束だ。口出しはするな」

厳しく言って、ジャスミンは車を発進させた。

カーレースさながらの猛発進だった。

大陸横断道路には制限速度はない。

それをいいことに、ジャスミンは並みの少年なら歯の根が震え上がるような速度で飛ばし、たちまちグランピア大陸に上陸した。

ここへ来るのはリィも初めてだ。

上陸した後もジャスミンはほとんど速度を落とさなかった。市街地に入った後でかろうじて減速して、州警察署前に車を着けた。

道路交通法違反で逮捕されるんじゃなかろうかと危ぶまれる運転だったが、運転手は車を降りると、自ら州警察署に乗り込んで行ったのである。

風を切って入って来たジャスミンを見て、受付の女性が眼を丸くした。思わず後ろにのけぞったが、背後が壁では逃げようがない。

「バトラー管理官にお目に掛かりたい」

「……お約束はおありですか？」

「ケリー・クーアの妻が来たと言ってくれればいい。必ず会ってくれるだろう」

受付の女性は慌てて内線で確認を取り、ごくりと息を呑んで答えた。

「……お会いになるそうです」

「管理官のオフィスは？」

「三階になります」

ジャスミンに続き、眼の前をひらりと通り過ぎた金髪を見咎《みとが》めて、受付の女性は慌てて声を掛けた。

「ちょっと——ぼく⁉」

「おれはただの付き添い」

少年は笑って身を躱《かわ》し、ジャスミンに続いた。

もとよりジャスミンは後ろなど気にしていない。

三階は一続きの大きな部屋になっていた。

ところどころ硝子《ガラス》で仕切られた個人の部屋《ブース》がある。

バトラーと記された部屋はすぐに見つかった。

人の気配を察して仕事中の机から顔を上げたのは、

四十代の半ばくらいに見える女性だった。

理知的な顔立ちは凛《りん》として、黒髪を肩で切り揃え、上品な色合いのスーツを身につけている。

その姿からはある種の厳しささえ感じさせた。

第一線で活躍する女性の持つたくましさだ。

ジャスミンは部屋の主が女性であることを意外に思ったが、相手もジャスミンを見て驚いていた。

無理もない。百九十一センチの長身はたいていの男を上回るものだし、何よりジャスミンの雰囲気は『人妻』という言葉が持つ印象から外れすぎている。

バトラー管理官は自らも席を立ち、応接用の長椅子を示しながら、感情を抑えた声で言った。

「サンドラ・バトラーです。——どうぞ」

「ジャスミン・クーアだ。あなたの部下から事件の概要は聞いた」

「そうですか」

勧められた椅子に腰を下ろし、大胆に足を組んでジャスミンは言った。


「わたしは夫が訊きたくても訊けないでいることを、ある意味、非常に不愉快《ふゆかい》な質問をするために来た。——レイチェル暴行事件は本当にあったことか？」

「どういう意味でしょう」

「彼女の狂言——もしくは思いこみである可能性はないのかと訊いている」

ジャスミンの向かいに膝《ひざ》を揃えて座ったバトラー管理官の表情が険《けわ》しくなった。

「同性の無理解と無神経は被害者にとってもっとも傷つくことです」

「では尋ねるが、あなたは犯罪史上、強姦されたという嘘《うそ》を吐いた女は一人もいないと断言できるのか。できるとしたら、あなたは立派な嘘つきだぞ」

「ミズ・クーア。わたしは犯罪の専門家です。その犯罪がどのような性格のものか見抜くのが仕事です。狂言を真に受けることはあり得ません」

管理官の声は今や氷のように冷ややかだった。

対照的にジャスミンは少し表情を和らげて言った。

「バトラー管理官。わたしにはこの世にどうしても理解できない二種類の人種がいてな。一つには無論、強姦を働く男だ。そんな最低最悪の犯罪を犯す男を罰するには一定期間の拘禁《こうきん》などでは生ぬるい。性交能力を奪うための去勢処置を取るだけでも不十分だ。性転換手術を施し、顔も身体も女性に変身させた上、自分と同じ種類の男に乱暴されて初めて、その男は犯した罪にふさわしい罰を受けたのだと考える」

管理官は顔色一つ変えずに、軽く頷いた。

「過激なご意見ですが、趣旨には賛成します」

「性転換手術に？」

「性犯罪者を処罰するには一定期間の拘禁だけでは不十分だという部分にです」

ジャスミンも頷いて同意を示した。

「そしてもう一種類が強姦されたと嘘をつく女だ。何もレイチェルがそうだと言っているのではない。ただ、残念なことに、そんな嘘を言う女がいるのも確かな事実だ。それもその理由は非常にくだらない場合が多い。たいていは好きな男にふられたから、相手にしてもらえなかったから。極端な例になると、自分を捨てた男が出世するのが許せないから。実に馬鹿げたことだが、一度強姦犯人だと訴えられたら、男の側には気の毒に弁解の余地すら与えられない」

抗弁しかけた管理官を片手で制してジャスミンは話を続けた。

「わたしは無条件に男の味方をするつもりはない。無実の人間が悲惨な眼に遭うのが許せないだけだ。当然、もっとも同情すべきは乱暴された被害者だ。被害者には何の罪もない。だからこそ本物かどうか、その点を見誤ってはならないと思っている」

バトラー管理官はこれを聞いて口を閉ざした。

ひとまず話の先を待つ眼の色になっていた。

ジャスミンは相手に言い含めるようにゆっくりと言ったのである。

「腹が立つのは、偽証する女たちは、自分がそんな嘘を言うことで――腹立ちまぎれの嘘を吐くことで本当に被害に遭った女性たちがどんな思いをするか、本来保護されるべき被害者がどれだけ苦しい立場に追いやられるか、まったく考えないことだ。昔から単なる痴情のもつれで血相を変えて訴えて出る女は多かった、今回のこれもきっとそんなところだろう。捜査官の男がそんな偏見《へんけん》と思いこみによって捜査に手を抜くことも充分あり得る。あなたの部下を侮辱するつもりはないが、ないとは言いきれないことだ。――男女間のことは当事者同士で話をつけてくれと突き放された、本当に強姦だったのかと疑いの眼で見られた、警察は自分の訴えをまともに取り合ってくれなかった。未だにそう嘆く被害者は残念ながらゼロとは言えない。単なる痴情のもつれと強姦とを見分けられない無能な捜査官ももちろん問題だが、それ以上に問題なのは、男憎さの腹いせや仕返しに強姦されたと嘘の訴えをする女たちだぞ」

バトラー管理官は厳しい顔つきで立ち上がると、捜査資料と思われるファイルを机から持ってきた。

「部外者に見せることは禁止されているものですが、やむを得ません」

差し出されたのは一連の写真だった。

写っている場所は、背後の壁の無機質な白さから一目で病院とわかる。

その壁の前に、手術着のような服を纏《まと》った女性が写っている。

ひどい有様だった。

もともとは顔立ちの整った美人だろうに、唇には血が滲《にじ》み、瞼《まぶた》や頬《ほお》は腫《は》れあがり、胸元や剝き出しの腕の至るところに痣《あざ》が残っている。

「――これが合意に見えますか？」

「いいや」

顔をしかめながらも、ジャスミンは数枚の写真にじっくりと眼を通した。

「この被害者は、今はどうしている？」

「まだ病院です。外傷が癒《い》えないこともありますが、精神的な打撃はそれ以上に深いのです」

「もう一つ、不愉快な質問をしなければならない。レイチェルはこの加害者に研究中の企業秘密の持ち出しを強要されたと言うが、それは真実か？」

「何をおっしゃりたいのです」

「まず第一に、その企業秘密は本当に存在するのか。盗ませようとしたからには、男は企業秘密の存在を知っていたことになるが、男がそれの存在を知っていることをレイチェルはどうやって確認できたのか。この二点がわたしは気になる」

　バトラー管理官は顔色を引き締めて、自分の眼の前に座った大きな人を見つめていた。

　強姦容疑を掛けられた夫の妻が乗り込んできたと連絡を受けたので、管理官も心構えはしていた。

「夫がそんなことをするはずがありません！」と、感情的に訴えるために来たのだろうと思ったのだ。

　そんなものは手もなくなだめて、落ちつかせて、夫のことを詳しく聞き出すつもりだったが、これはどうやら一筋縄ではいかないらしい。

　バトラー管理官はあらためて気を引き締めた。

「社の上層部からは次のような説明を受けています。レイチェルが担当しているのはアルトラヴェガ社が現在もっとも力を入れている美容商品であると」

　ジャスミンは軽く眼を見張った。

「美容商品？　製薬会社が？」

「顔に塗る化粧品ではなく、呑むことで体調を整え、肌を白くきめ細かくする。そのような効果の医薬部外品です。この種の美容商品はアルトラヴェガ社の売り上げのかなりの部分を占めるそうです」

「意外なものが意外に売れているのだな」

「そのようです」

　消費者の見る眼はなかなか厳しく、この分野では各製薬会社に加えて化粧品会社までが熾烈《しれつ》な競争を繰り広げているそうだが、レイチェルの研究はその競争に一歩、先んずる価値があるものだという。

「アルトラヴェガ社が隠しておきたい部分ですので、わたしも彼らから具体的な説明は受けていませんが、レイチェルは元来、美容には向かないとされていた酵素を用いて劇的な効果を上げる方法を発見したと、そういうことのようです。その酵素自体は以前から存在するものですが、レイチェルが開発した手法を用いることで、従来の性質とはまったく別の効能を発揮するようになるそうです。その部分こそが企業秘密であり、レイチェルの管理下にあったものです。——そして、以下はレイチェルの証言ですが、この加害者は新製品にその酵素を使うことを知っていた。ただし活用法がどうしてもわからない。あの酵素にそんな効能を持たせる手法とは何なのか、教えろと迫ってきた。ですが、彼女は脅迫には屈しなかった。その結果が彼女のこの姿です」

厳しい表情で言い、バトラー捜査官は顔を上げて、ジャスミンを見つめてきた。

「ミズ・クーア。いらしてくださったのはちょうどよかった。わたしからもあなたにお尋ねしたかった。ご主人はこんなことは決してやらないと、あなたは断言できますか？」

「もちろんだ。二重の意味で断言できる。第一に、夫はアルトラヴェガの内情にそれほど詳しくはない。レイチェルの研究内容を事前に突き止めることなど夫にはできないし、製薬会社の企業秘密を欲しがる理由もない」

「それはどうでしょうか。大金で売れるものです」

「第二に、これが肝心だが、夫は滅多にないくらい、いい男だ。仮に夫が企業秘密の持ち出しを計ったというのなら、正面からレイチェルを口説《くど》いて頼めばいいだけのことだ。こんなひどい乱暴を働く必要はどこにもない」

バトラー管理官は初めて少し表情をやわらげた。だがそれは、憐憫《れんびん》と軽侮の表情でもあったのだ。

「確かに。写真で見る限りでも、ご主人は魅力的な男性です。ほとんどの女性が好意を寄せるでしょう。そこに落とし穴があります。自分は女性にもてると思い込んでいる男性は往々にして、この俺が女性に拒まれるはずはないという思いこみに囚《とら》われている場合が多いのです。――女性がどんなに拒絶しても、必死にいやだと訴えても、その拒絶は自分の都合のいいようにしか聞こえない。それどころか、女性の抵抗は行為の先を促す催促《さいそく》だと思い込んで疑わない男性すらいるのです。今回の件も――レイチェルにとっては強姦でしかあり得ない行為でも、ご主人は合意の上と捉えている可能性は否定できません」

ジャスミンは管理官以上の侮蔑の表情で応じた。

「いやよいやよも好きのうちとでも言いたいのかな。あなたはわたしの夫を馬鹿呼ばわりするつもりか？　本気でいやがっているものと性交時の一種の媚態《びたい》の区別もつかない男だと？」

「ミズ・クーア。わたしに言えることは強姦犯人にならないと断言できる男性はこの世にただの一人も存在しないということです。どんなに好感の持てる礼儀正しい青年でも、温厚で立派な紳士であっても、聖職者でさえ例外ではありません。雄という生物である以上、その人の置かれた状況、その時々の精神状態によって、理性より性衝動が勝ることが絶対にないとは断言できません。女性に好かれているはずだという思いこみや誤解がその衝動に拍車を掛けるかもしれません。ご主人がそうだというのではありませんが、残念ながら、性機能を持つ男性であれば、非常に残念ながら、誰もがこうした事件の加害者になりうるのです」

「否定はしない。一見、好人物に見える卑劣漢《ひれつかん》などいくらでもいるからな。――ただし、わたしの夫はそんな輩《やから》とは断じて違う。夫が女性を手込めにして企業秘密を盗ませようとすることなどありえない。わたしに言えることはそれだけだ」

応接用の机を挟んで静かな火花が散っている。

リィは部屋の外の椅子に座り、透明な壁に背中をつける格好で話を聞いていた。

眩《まぶ》しいくらいの金髪に輝くような美貌《びぼう》のリィに、大部屋を行き来する人はみんな眼を見張っている。

ジャスミンから眼をそらさせる意味でも、リィはその人たちににっこり笑いかけていたが、内心でははらはらしていた。

刑事を気絶させるだけでも非常にまずい(――と思う)のに、警察署で暴れたとなれば即刻逮捕だ。

背後から伝わってくるジャスミンの闘志は激しい。

ケリーに掛けられた嫌疑がよほど腹に据えかねているらしい。

いよいよもって割って入らなくてはならないかと思った時、適任者が足早にやって来るのが見えた。

ほっとして、声は立てずに手招きした。

ルウは片手を挙げて応え、ケリーは苦笑しながら部屋の扉に手を掛けたのである。

「お邪魔しますよ。バトラー管理官」

至って穏やかな物腰で挨拶《あいさつ》する。

そんな容疑者を管理官は厳しい眼で見つめていた。

ジャスミンは立ち上がりも振り返りもしなかった。

舌打ちして、隣に立った人に言った。

「おまえは渦中の人なんだぞ。何をしに来た?」

「大陸間弾道ミサイルが発射されたと聞いたんでな。回収しに来たんだよ」

ちょっと考えてジャスミンは夫を見上げた。

「……わたしのことか?」

「他に誰がいるよ」

苦笑してみせたケリーは口調を変えて、管理官に話しかけた。

「バトラー管理官。あなたが俺を疑うのは当然です。あんな写真があったんでは、俺が犯人に見えるのも無理はありませんが、俺には不在証明《アリバイ》があります」

「それを証明できますか?」

「そう言うと思って証人を連れてきました」

「はぁい、証人です」

場違いにのんびりした調子でルウが進み出る。

サンデナンのサフノスク在籍と自己紹介した上で、ルウは言った。

「寮の記録を見ると、十四日の二十三時七分にこの人から連絡があって、四十三秒話してます」

「その連絡は固定回線ですか？」

「いいえ。移動中の車からでしたけど、発信場所はサンデナンでしたよ」

「それでは確たる不在証明《アリバイ》とは言えません」

ルウはちょっと首を傾げた。

「どうしてです？　事件があったのはここの時間で十四日の深夜でしょう。同時刻にサンデナン大陸にいるのは無理だと思いますけど」

「レイチェルの証言は時間の経過が曖昧《あいまい》なのです。午後八時にその男に会って食事をし、場所を移して十一時頃までお酒を呑んだ。ここまでは目撃証言もあるので間違いありません。サンデナンの時間では九時頃ということになりますが、事件が起こった後、レイチェルはしばらく意識を失っていました。彼女が警察病院に駆け込んできたのは、こちらの時間で翌日の深夜二時過ぎです」

強引にホテルの一室に連れ込まれた時も、意識を取り戻して男の姿が消えているのに気づいた時も、レイチェルは完全な恐慌状態だった。

いつ部屋に連れ込まれたか、いつ男が部屋を出て行ったのか、まったくわからないというのである。

「そちらの二十三時七分はこちらの深夜一時過ぎになります。犯行を終えて、サンデナンに戻る余裕は充分にあったと判断されます」

「ですけど、次の日は夜の九時頃から深夜過ぎまで、この人はぼくと一緒でしたよ」

「翌日の証明では意味がありません」

「そう無意味でもないと思いますよ。この人が犯人だとすると、女の人を襲って企業秘密を盗めと命令した次の夜に、呑気に——呑気っていうのも変ですけど、お酒を飲んでいたことになる。犯人の心理としてはちょっとおかしくありませんか。脅迫が成功したと思うなら被害者の側から離れようとはしないだろうし、事件が発覚したと思ったのならさっさと逃げるのが普通じゃないでしょうか」

管理官は平静を保って、呑気な口調のルウの話を聞いていたが、内心では苦々しく思っていた。

そもそも事件の捜査も容疑者の取り調べも、本来自分の仕事ではない。

部下たちは何をしているのかと苛立《いらだ》ったところへベインズ警部が慌ただしい足取りでやって来た。

バトラー管理官はさすがに不機嫌を露《あら》わにして、不甲斐《ふがい》ない部下を叱責《しっせき》したのである。

「どういうことですか、警部。わたしのオフィスに捜査を持ち込まれては困ります」

警部も苦り切った顔つきで、ジャスミンを見た。

「ウェストには奥さんにお話を伺うようにと言っておいたんですが、そうしたら奥さんは管理官と直に話をすると言われたそうで……」

そのウェスト刑事は部屋の外で小さくなっている。

ベインズ警部はジャスミンに初対面の挨拶をして、上司に向かって言った。

「管理官。わたしもこの人が犯人だとは思えません。それどころか限りなく白《しろ》くさい。あの写真にしても、この人に罪を着せようとした可能性が大です」

ジャスミンが言った。

「ウェスト刑事が持っていた写真のことか？」

「ええ。あんな写真が他に何枚もありましてね」

「ちょうどいい。拡大して見せてくれないか。特に男の顔の部分をだ」

ベインズ警部も管理官も訝《いぶか》しげな顔になったが、言われたとおり、拡大した写真を見せてくれた。

その男が会社の女の子と写っている写真は十枚もあったので、ケリーが実に苦々しい息を吐いた。

「いやになるぜ。どう見ても俺にしか見えないのに女の子は一人も見たことのない顔と来てる」

「そう？」

ルウが言った。

「この人、ぼくにはちっともあなたに見えないよ。全然似てない」

「おれもそう思う」

割って入ったリィを見て管理官が眼を見張った。

「誰です、あなたは？」

リィはジャスミンを見て、次にルウに眼をやって、すまして言った。

「この人の付き添いで、こっちの相棒」

ケリーが実に苦い口調でリィに文句を言った。

「おまえもなあ。一緒にいたなら止めてくれりゃあいいものを」

「無茶を言うなよ。おれはまだ命が惜しい」

ジャスミンはこのやり取りには無反応だった。

拡大した男の顔をじっくりと眺めて言った。

「やっぱりな。この男の眼は両方とも自前だろう。夫の右眼は義眼だぞ」

警部と管理官が驚いてケリーの顔を見つめた。

「特別製のよくできた義眼だからな。ぱっと見には区別がつかないが、拡大してみれば生身の眼球との違いは明らかのはずだ」

すかさずベインズ警部がケリーに言う。

「顔写真を一枚取らせてもらえますかな」

「それなら眼の部分に限った写真にしてください。特に右眼のね」

これでケリーの無罪は立証されるはずだったが、バトラー管理官はまだ引き下がろうとしなかった。

「残念ですが……。この写真の男性の右眼が義眼で、あなたの右眼が生身だというのなら、れっきとした別人の証拠となりうるでしょうが、逆では無理です。証拠にはなりません。一週間の時間があれば義眼に交換することは可能です」

ジャスミンが呆《あき》れた口調で言う。

「一週間前に眼球交換手術を受けた人間がこんなにぴんぴんしていると？」

「あり得ないとは言い切れません」

「やれやれ。あなたはよっぽどわたしの夫を犯人にしたいらしいな」

「わたしは警察官です。証拠と事実に基づいて判断するのが仕事です」

「では、その手術をした記録がこの惑星内の病院のどこかに残っているはずだ。——それともおまえ、この一週間、惑星外《そと》へ出たか？」

「いんや。ちょうどいい休暇だと思って、だらだら過ごしてたよ」

「で、そのうち二日はぼくがつきあってました」

のんびりと言ったルウはジャスミンを見て急いで手を振った。

「浮気じゃないからね。お酒呑んでただけだから」

「そういうことをいちいちわたしに断るな」

ジャスミンは苦笑して、夫にいたずらっぽい眼を向けた。

「おまえもおまえだ。勉学に励む学生さんの邪魔をしてたのか？」

「一人で呑んでもつまらないからな。かといって、まさかこっちのお子さんを誘うわけにもいかん」

「こういう時は中学生って損だよな」

話を振られたリィがこれまた真顔で答える。


ベインズ警部が捜査本来の目的に戻って訴えた。

「ミスタ・クーア。あなたに双子の兄弟がいないというのなら、DNA鑑定に協力してもらえませんか。それで白黒はっきり片がつきます」

「もちろん、警察に協力するのは市民の義務ですが、そこまで要求されるのは個人的に気に入りません。明らかに犯人扱いされているようでね」

「しかし……」

口籠《くちご》もった警部がバトラー管理官をちらりと見る。確実な証拠がない限り、この上司は納得しないと言いたいのだろう。

バトラー管理官は写真を手に、ケリーをまっすぐ見つめて言った。

「この男性があなたでないなら、意図的にあなたの顔を盗んだことになりますが、お心当たりは？」

ケリーは顔をしかめた。

「そんなことはこっちが聞きたいくらいです」

ジャスミンも苦い顔で夫を見上げた。

「おまえは目立つからな。しかも職業は個人営業の船乗りと来ている。滅多に地上にいないとなれば、罪を被せるにはうってつけだ」

ルウが頷いて、のんびりと言葉を続ける。

「おまけに名前がケリー・クーアだもんね。誰でも一発で覚えられる。悪い意味でも目立ってるよ」

「しょうがねえだろう。れっきとした本名なんだ」

リィも首を傾げながら言った。

「犯人はサンデナンのどこかでケリーを見知って、ちょうどいいとばかりに利用したってことか？」

「そう考えるのが妥当《だとう》だと思うよ。でないと警察に掛かってきた通報の説明がつかないもの」

「わざとケリーを逮捕させようとしたわけだ？」

「その間に自分は顔を変えて——というか、素顔に戻って悠々と高飛びするって寸法じゃないのかな」

とても警察署にいるとは思えない和気藹々《あいあい》とした話し合いだが、内容自体は的を射ている。

バトラー管理官もその意見を頭から否定はできず、慎重な口調でケリーに言った。

「我々警察としても無実の市民にいつまでも容疑を掛けていたくはありません。それはあなたへの——無実の市民に対する侮辱であると同時に、真犯人を捕らえるための時間を無駄にすることになります。本当に身に覚えがないとおっしゃるのなら、捜査に協力していただけませんか」

「申し訳ありませんが、どうしてもそれが必要だというのなら、その旨《むね》の令状を持ってきてください」

やんわりとした、しかし毅然《きぜん》とした拒絶である。

「令状を持参すれば協力してもらえますか？」

「はい。それこそ市民の義務でしょうから」

そのためには決定的とは言えない手持ちの材料で上層部と司法機関を納得させる必要がある。

かなりの難関のはずだが、管理官は即座に頷いた。

「わかりました。令状を取ってあらためて伺います。今日のところはお引き取りくださって結構です」

ジャスミンが皮肉な口調で言う。

「証人もいる。写真の男とは身体的特徴も異なる。それでも夫に固執するのか？　時間の無駄だぞ」

真犯人を捜したらどうだと揶揄《やゆ》した台詞だったが、バトラー管理官は鋭く言い返した。

「それこそ順序が逆です。ご主人は明らかに事件に関与していないと証明することが先決です」

最後にケリーを見て、管理官は真面目に言った。

「ミスタ・クーア。我々にも我々の事情があります。現時点ではあなたがもっとも疑わしい容疑者であり、あなたを捜査しなければならない理由があるということだけはご理解ください」

ケリーは気分を害する様子もなく頷いた。

「心得ていますよ。それがあなたのお仕事だ」

四人はぞろぞろとバトラー管理官の部屋を出たが、外に控えていたウェスト刑事はジャスミンを見ると、何とも言えない顔で後ずさった。

「失礼」

ジャスミンは悠然と挨拶してウェスト刑事の横を通り過ぎたが、リィは大部屋を出て階段まで来ると、後ろを振り返って小さな息を吐いた。

「気の毒に……。あの人、まだ前かがみだったぞ」

隣を歩くケリーが疑わしげに問い質《ただ》す。

「何をやった、女王？」

「わたしの経験では――」

ジャスミンは何か捻《ひね》るような物騒な手つきをして、すまして言ったものだ。

「騒ぐ男をおとなしくさせようと思ったら、そこを押さえてしまうのが一番手っ取り早い」

今は一応男性のルウも何とも言えない顔になり、リィはさらに食い下がった。

「だからって気絶までさせるのはやりすぎだ」

「気絶させなかったら、もっと騒ぐだろうが」

大真面目に反論する妻に、ケリーはげんなりした顔で言った。

「大概にしろよな。暴行と公務執行妨害の現行犯で逮捕されてもおかしくないところだぞ」

ジャスミンは実にわざとらしく眼を見張った。

「拳銃で武装した刑事が？　素手《すで》のか弱い女一人に、どんな暴行を受けるというんだ？　現にあの刑事は何も言わなかっただろう」

共和宇宙中の女性が異議を唱えそうな表現である。

そして男性代表として、ケリーも果敢に訴えた。

「それはな、言いたくても言えなかったんだ」

ルウも深々と息を吐いた。

「だよねえ……。一応、刑事という身でありながら女の人にそんなふうに失神させられたなんて……」

もっともらしい顔つきでリィが締めくくった。

「確かに、言えない」

3

ジャスミンは帰りも豪快に車を飛ばした。

助手席にはやはりリィが座っている。

ケリーは二人の乗るエア・カーを先導するように、大型の自動二輪車を操縦していた。

車輪付きの乗り物でエア・カーに匹敵《ひってき》する速度を出すのも驚きだが、後部座席にはルウが座っている。

グランピアからあっという間にペーターゼン市に戻り、定宿《じょうやど》のホテルに落ちつくと、ジャスミンはあらためて夫を問い質《ただ》した。

「おまえ、地上で誰かに恨みを買ってないか？」

「ずっと考えてるが、覚えはねえよ」

ここまで着いてきたリィが不思議そうに尋ねる。

「捜査に協力してやれば疑いも晴れるのに、鑑定に応じるのはそんなにまずいのか」

「どこで前の経歴に引っかかるかわからねえからな。五年前に死んだクーア財閥総帥のケリー・クーアと個体情報が完全に一致した、なんてことになったら、洒落《しゃれ》にならん」

「そこまで心配しなくてもいいと思うけど……」

ルウが言った。

「ダイアナに確認してみたら？　彼女のことだから以前の情報は完全に消去してあるんじゃない」

「まあな。あいつはそんな手抜かりはやらんだろう。ただ、警察にこっちの情報を渡してやるってことに、俺が抵抗があるんだよ」

「さすがは元賞金首だな」

ジャスミンが笑ったが、その顔が急に引き締まる。

「気持ちはわからないでもないが、あんな卑劣漢《ひれつかん》を野放しにしておくのは、わたしは不愉快《ふゆかい》だ」

ケリーの顔もたちまち厳しくなった。

「——見たのか？」

「ああ。こういう時、女同士は都合がいい。快《こころよ》く見せてくれたぞ」

　ジャスミンの表情は苦々しい。

「あの卑劣漢が何故おまえの顔と名前を使ったのか、何故アルトラヴェガ社の企業機密に眼をつけたのか、それは知らんが、犯人がおまえに罪を被せられると踏んでいる以上、二度やらないとは断言できない。一刻も早く手を打つ必要がある」

　ルウも頷《うなず》いた。

「あくまで捜査に非協力だと、それこそ逮捕されることにもなりかねないしね」

　ジャスミンは犯人に強い怒りを感じているらしく、常にもましてきつい口調で続けた。

「ウォールトン州警察は今のところ犯人像をおまえ一本に絞って捜査中らしい。それはつまり真犯人を無罪放免にしてやるのと同じことだ」

　ケリーは肩をすくめた。

　腹立たしい話には違いないが、自分の顔と名前が犯罪に使われたのも間違いないのだ。

　最後は鑑定に応じてやらなければならないことはわかっている。事件が本物であれば、なおさらだ。

「俺も、こんなふざけた真似をしでかす奴を見逃すつもりはねえよ。ただ、できることなら自分の手で片を付けたいのさ」

　ジャスミンが厳しく指摘した。

「そのためにも、まずはおまえが容疑者から外れることが肝心なんだぞ」

　これまたもっともな話だった。


　夜は四人で食事を済ませ、リィは暗くなってから今の住まいであるフォンダム寮に戻った。

　自室に戻るより先にシェラの部屋に行ってみると、色とりどりの糸や端切れに囲まれて、せっせと針を使っているところだった。

　リィが眼を丸くしていると、シェラは笑いながら言ってきた。

「手芸部の提出物ですよ。持って帰ってやらないと間に合わなくて」

「他の部員も持って帰ったのか？」

「もちろんです。でないと共同作品になりませんよ。後でつなぎ合わせることになっています」

話しながらも、シェラの手は休みなく動いている。

針仕事は専門外のリィだが、シェラがかなりの腕達者であることはわかっていたので、首を傾《かし》げた。

「おまえのところだけずば抜けて上手にできてたら、釣り合いが取れなくなるんじゃないか？」

「大丈夫。皆さんに合わせるようにしていますから。――そちらは何かありましたか？」

「あったも何も一大事だ」

昼間の件を話してやると、シェラはさすがに手を止めて、驚いたように眼を見張った。

「ケリーさんに――強姦《ごうかん》疑惑ですか？」

「ああ。人間の女の人は腕力では男より遥《はる》かに劣る。おまけにケリーはあんなに大きくて力の強い男だ。女の人をどうにでもできるだろうけど……」

「そんな必要はありませんでしょう。あの人なら、女性のほうからいくらでもなびいてきますよ」

「おれも、そう思う」

ウォールトン州警察署で、洩《も》れ聞こえてしまった管理官とジャスミンのやりとりを話すと、シェラはおもしろそうに微笑した。

「こちらの男女関係は色々と厄介《やっかい》なようですね」

「そうか？」

「手込めにしておいて、白々しく『合意の上だ』と主張するなんて――責任逃れをしたいのでしょうが、男である以上、それは通りませんよ」

「厳しい意見だな」

「あなたの言うように、腕力では男のほうが女より強いのですから。それよりは、やってしまった後で『おまえがかわいいからこんなことをしたのだ』と丸め込もうとするのならまだわかるんですけど」

「丸め込んだことがあるのか？」

「よしてください」

さすがにシェラも顔をしかめた。

「ご存じでしょうに。わたしは小さい頃からずっと娘として生活していたんですよ」

「じゃあ、丸め込まれたほうか？」

「ですから……」

苦笑することしきりのシェラだった。

「そんな真似を許したら、男の身体だということがいっぺんでばれてしまいます」

「そこのところが逆に不思議なんだが……」

リィは相手の顔をまじまじと覗《のぞ》き込んで言った。

「その器量でよく男に迫られないですんだな？」

そういうことは鏡を見てから言ってもらいたいと切実に思ったシェラだった。

「言い寄られたことならありますよ。何度も。ただ、わたしはそういう申し込みを躱《かわ》すのが得意でしたし、いっそ力ずくでという男の邪《よこしま》な気配を察するのはもっと得意だったんです」

「そういう男から逃げる方法もか？」

「いいえ、下手に逃げると逆効果になりかねません。男は本能的に逃げるものを追う傾向がありますから。その人の苦手なものや恐れているものをそれとなく突きつけるようにしていました」

「どういう意味だ？」

「たとえば、あなた」

針を使いながら、いたずらっぽくシェラは笑った。

「わたしに不用意に手を出すと鬼より恐ろしい人を怒らせることになりますよと気づかせてやるんです。──これもはっきり言ったのでは逆上させることになりますから、あくまで遠回しに、さりげなく」

「それで引き下がるのか？」

「ええ。たいていの男は性欲に強く支配されますが、よくしたもので、ほとんどの男にはそれより遥かに大切なものがありますから」

「そんなもんか？」

まるで他人事の口調である。

とても十三歳の少年の会話ではないが、二人とも普通の人間には及びもつかない人生を生きている。

こんなやり取りも二人の間では当たり前だった。

シェラはケリーの顔と名前が使われたことが腑《ふ》に落ちないらしく、首を捻《ひね》っている。

「女性に近づくのにあの人の姿を借りたというのは、納得できると同時に少しばかり意外な気もしますね。あの人は——確かにすばらしい美貌《びぼう》の持ち主ですが、見てのとおり大変な迫力を誇る人でもありますから。わたしだったら、もっと女性に警戒心を抱かせない容姿を選びますけど……」

「何にせよ、早く捕まってくれることを祈るよ」

リィは小さな吐息を洩らした。

「でないと、おれはジャスミンの暴れ具合が心配だ。あの調子じゃ本当に警察署を破壊しかねないぞ」

その口調はまるで、自分ならそんな真似は決してやらないのにと言っているようで、シェラは懸命に笑いを噛《か》み殺した。

バトラー管理官は実に有能な警察官だった。

翌日の昼前には、ベインズ警部とウェスト刑事が令状を持ってケリーの元を訪れたのだ。

事件解決のため、ぜひとも捜査に協力願うという内容である。

ここまで来たら抵抗しても仕方がない。

警察に個体情報を渡してやるのは気にくわないが、ダイアナが戻ってきたら記録を消去すればいい。

ケリーはそう考え、毛髪を一本、無造作に抜いて警部に手渡した。

「ご協力を感謝します」

警部は慇懃《いんぎん》に礼を言い、結果がわかったらすぐに知らせると約束してくれた。

ケリーもジャスミンもこれで片がつくと思ったが、予想外の事態になった。

翌日になって、ベインズ警部が再びホテルに現れ、署までご同行願いたいというのである。

「どういうことです？　まさか俺のDNAが犯人のそれと合致したというのではないでしょうね」

「いや、それが……」

言いにくそうな口調で警部が語るには、ケリーの毛髪から検出されたDNAは犯人との完全な合致は見ないものの、別人とも断定しかねるという曖昧《あいまい》な結果が出たという。

さすがに耳を疑った。今時、DNA鑑定でそんなあやふやな結果が出るなど聞いたことがない。

一緒にいたジャスミンに至ってはもっとはっきり顔をしかめた。

「そんな馬鹿な話があるか。ウォールトン州警察の鑑識能力はいったいどうなっている？」

「申し訳ありません。鑑識のほうでもこんなことはあり得ないと言っているのですが……」

警部は額《ひたい》の汗を拭き、しきりと頭を下げながらも、どうしても再鑑定が必要であると、ぜひとも一緒に来てもらいたいという。

何となく想像がついた。

要は提出した資料の信憑性《しんぴょうせい》が問題なのだろう。

過去の事件でも、自分のものだと偽って、他人の血液や毛髪で罪を免れようとした例がある。

標本《サンプル》の名札《ラベル》を張り替えるなどというのは序の口で、腕の中に人工血管を埋め込み、何食わぬ顔で他人の血液を採取させたという話もあるくらいだ。

ケリーは警部の見ている前で髪を抜いたのだから、別人のものである可能性は低いはずだが、バトラー管理官が納得しなかったのか、アルトラヴェガ社がもっと確実な証拠が必要だと難癖《なんくせ》をつけたのか――いずれにせよ、いっそ本人を連れて来いという話になったのだろう。

そこまで察して、ケリーはあっさり頷いた。

「仕方がない。同行しましょう」

「わたしも行こう」

すかさずジャスミンが言ったが、ケリーは止めた。

「やめとけよ。任意同行ってのは一人で行くもんだ。

――今日中には帰れるんでしょうな?」

「はい。それはもう、ご足労をお掛けします」

「こうたびたび海を越えてやって来る警部のほうがよっぽどお疲れでしょう」

あながち皮肉でもなく、ケリーは言った。

ホテルを出たのは昼前だったが、ウォールトンのほうが時間が早い。

ウェスト刑事は常識的な速度で車を走らせたので、州警察署に着く頃には午後も遅くなっていた。

ケリーは取調室ではなく、応接間に通された。

一面に大きな鏡がある。右眼を使って見てみると、向こう側に複数の人の気配がある。

やはりと思った。

大方、会社の女の子を呼んで、自分の面通しでもしているのだろう。

部屋を出て行ったベインズ警部はすぐに、白衣を着た背の高い男を伴って戻ってきた。

「こちらは鑑識課のモンテアゴです」

「どうも……」

モンテアゴは何とも素っ気ない口調で挨拶《あいさつ》すると、事務的に話を進めた。

「早速ですが血液を採取させてください。念のため、口内の粘膜《ねんまく》もです」

これにはケリーも苦笑を洩らした。

「やれやれ……。すっかり犯人扱いだな」

「申し訳ありません。しかし、捜査にはどうしても必要なことでして……」

警部はしきりと謝りながら珈琲《コーヒー》を運ばせ、結果が出るまで、ケリーと世間話をしていた。

主にケリーの経歴を知るのが目的だったようで、いつから船乗りをやっているのか、普段は主にどの辺の宇宙を飛んでいるのかなどをさりげなく尋ねてきたが、そうした新しい履歴《りれき》は既に用意してある。

怪しまれない程度に適当に答えながら、ケリーは事件の内容に話を持っていった。

「気になっていることがあるんですがね、警部さん。

犯人の動機が企業秘密を手に入れることだとすると、また別の顔で別の女性社員を狙うかもしれません」

「おっしゃるとおりです」

「かといって、まさか企業秘密を知る全女性社員に護衛をつけるわけにもいかないでしょう」

「はい。まあ、条件に該当する女性社員はそんなにいないとは思いますがね……」

「しかし、それほど重要な企業開発を本社ではなく、一支社で手がけていたのは意外ですな」

「その点に関しては我々も確認しましたが、よほど特種な資材や高価な設備を必要としない限り、開発部門を持つ支社はそれぞれ独自で開発を進めるのが慣例のようです。支社同士の競争意識を煽《あお》るためのようですが、このウォールトンは連邦大学お膝元《ひざもと》だ。本社やアドミラル支社に負けないくらい研究施設も充実しているし、その分、実績もあるようです」

「なるほど。共和宇宙に名前を知られる大企業ともなると、色々な苦労があるんですな」


ケリーが空とぼけて話している鏡の向こう側には、アルトラヴェガ社の女性社員が三人、詰めていた。

みんな二十代の若い女性たちだった。

全員が食い入るようにケリーの顔を見つめている。

「間違いないわよ。彼よ」

一人が力強く断言する。

しかし、別の一人は自信なさそうな口調で言った。

「だけど……何だか、雰囲気が違わない？」

最後の一人も得心がいかない様子である。

「あたしも、ちょっと違うと思う。似てるんだけど、顔も声もそっくりなんだけど……」

「そうなのよ。違和感があるっていうか、同じ人に見えないのよ」

二人の意見に最初の一人が嚙みついた。

「何言ってるのよ。絶対間違いないって！」

その小さな部屋には三人の女性しかいなかったが、この室内の様子は別室に筒抜けになっていた。

バトラー管理官は内線画面の女性たちの会話と、

ベインズ警部と話すケリーの様子を冷静に見つめて、アルトラヴェガ社の役員たちに向き合った。

「お聞きの通りです。こんな曖昧な証言ではとても拘留《こうりゅう》の理由にはなりません」

役員たちは忌々《いまいま》しげに舌打ちして、不満を訴えた。

「一人は間違いないと断言しているじゃないかね。それで充分、逮捕の理由になるだろう」

「他の二人は確信が持てないと言っています。この状況で一人の証言だけを重んじ、他の二人の証言を切り捨てることは理にかなった判断とは言えません。もう一つ、ここまで意固地に間違いないと言い切る証言は信憑性が低い。——捜査の常識です」

つまり、逮捕状は取れないということだ。

役員たちは忌々しげな顔で、口々に文句を言った。

「この男でないとしたら犯人は誰なんだ？」

「きみたち警察は、これだけの証拠が揃《そろ》っていれば犯人検挙はたやすいと豪語したはずじゃないかね」

バトラー管理官は黙っていた。

豪語したのは彼女の上司であって彼女ではないが、役員たちにそんな区別がつくはずもない。

内線画面に映るケリーの顔を眺めながら、役員の一人はこんなことを指摘した。

「女の子に見られていることを承知の上で、わざと別人のように振る舞っている可能性もある」

「賛成だ。考えてみれば、他人の顔を借りて犯行を犯すより、自前の顔のほうがやりやすい。その上で偽物の証拠を提出したのかもしれん」

「そもそもケリー・クーアとはふざけた名前だが、本名なのか？」

バトラー管理官は努めて感情を抑えた声で答えた。

「彼の経歴に不審な点は見あたりません。無所属の船乗りであり、持ち船が現在修理中なので、知人のいるこの星に滞在している。彼自身が話した通りの人物です」

さすがにダイアナの情報操作に抜かりはない。

役員たちはますます渋い顔になった。

彼らの言葉の節々からは、いっそのことこの男を犯人にしてしまえといわんばかりの意思が窺《うかが》える。

彼らにとって重要なのは真犯人が捕まることではない。犯人が捕まったという事実なのだ。

一日も早く事件を解決しないことには自分たちの首にも関わってくると言いたいのだろうが、それはバトラー管理官には何の関心もないことだった。

管理官の机の内線が鳴った。

鑑識からだった。

管理官が応対すると、白衣のモンテアゴが現れて、首を振った。

「やはり同じです。合致しません」

「ご苦労でした」

バトラー管理官はことさら事務的な声で答えて、冷ややかな眼を役員たちに向けた。

当然の結果だった。

実は最初の鑑定で、ケリーの毛髪から検出されたDNAは犯人のものとは異なるという結論が、既に出されているのである。

しかし、アルトラヴェガ社はケリーの想像通り、提出された毛髪が本人のものかどうか信用できない、本人から採取したという確証が必要だと主張した。

とんでもない話だった。

明らかな捜査への介入である。

それ以前に、毛髪回収に当たったベインズ警部を信用できないと言っているにも等しい。

警察に対する侮辱であると怒って当然のところを、ウォールトン州警察は呆《あき》れたことにアルトラヴェガ社の言い分を全面的に受け入れた。彼らの要求通り、わざわざケリーを呼びつけたのだ。

バトラー管理官は表向きは命令に従っていたが、上層部のこの態度を非常に苦々しく思っていた。

ウォールトン州警察は独立した行政機関であって、アルトラヴェガの子会社ではないのだ。

「納得していただけましたか？」

役員たちは舌打ちしていたが、さすがにこれ以上食い下がるのは不利だとわかっているらしい。

「納得していただけたなら、お引き取りください。犯人は必ず我々の手で検挙して見せます」


ケリーはしばらくベインズ警部と話をしていたが、そのうち警部は部下に呼び出される形で席を外した。戻ってきた時には満面の笑みを浮かべていた。

「お待たせして申し訳ありませんでした。再検査の結果、今度こそ別人であると確認できました」

「では、これで俺は無罪放免ですか？」

「はい。お引き取りくださって結構です」

軽く会釈して応接室を出ると、意外にもバトラー管理官が待っていた。

廊下から出口まで歩きながらの会話ではあったが、管理官は丁重に謝罪したのである。

「あなたには大変ご迷惑をお掛けしました」

「何も気に病むことはない。先日も言いましたが、それがあなたの仕事でしょうから」

「恐れ入ります。――あらためて、真犯人の逮捕に全力を尽くすことをお約束します」

「俺に何かできることがあれば喜んで協力しますよ。どこのどいつか知らないが、人の顔でこんな真似をされたのではたまったものではない」

「お気持ちは感謝しますが、これは我々の仕事です。捜査に進展があり次第、ご連絡します」

玄関までケリーを見送ると、管理官は足を止めて、躊躇《ためら》いがちに口を開いた。

「ミスタ・クーア……」

「何です？」

「あなたの容疑は晴れました。――少なくとも我々警察にとっては。ですが、そうは思わない人たちもいるようなのです」

「あの時、鏡の後ろにいた人のことですか？」

「それはお答えしかねますが、事件が解決するまでしばらくウォールトンには足を踏み入れないほうがよろしいでしょう」

　ケリーは管理官を見下ろして尋ねた。

「それは命令ですか？」

「いいえ。無罪とわかった民間人に警察が命令などできるはずはありません。これは忠告です」

「…………」

「トリジェニス市のアルトラヴェガ支社に勤務する社員は四万人を超えています。ケリー・クーアなる人物が一ヶ月間、頻繁《ひんぱん》に社に出入りしていたこともかなりの人に目撃されています。そのケリーが産業スパイであることも今では多くの人が知っています。あなたの顔は、地元では相当知られていると思って間違いありません」

　迂闊《うかつ》にこの界隈《かいわい》を歩けば、問答無用で警察に通報される恐れがあると管理官は言いたいのだろう。

　ケリーは慇懃に礼を言った。

「ご忠告に従いますよ。俺もやってもいないことで通報されたくはないのでね」

「ご協力、感謝します」


　管理官は型どおりに礼を言ったが、そんな忠告を頭から無視する人の存在までは思い及ばなかった。

　ケリーが警察に呼ばれた後、ジャスミンは即座に行動を開始した。

　夫の後を追ったのではない。今の自分が警察署に押しかけたところで、やんわりと追い返されるのが落ちである。

　ホテルの回線ではなく、自分の携帯端末を使ってウォールトンのアルトラヴェガ社に連絡を取った。

「そちらのレイチェル・アストンと今日会う約束をしていたものなんですけど、時間になっても現れず、個人端末に掛けても通じないんです。もしかしたら何か事件に巻き込まれたのではないでしょうか？」

　画像は送らず、せいぜいしとやかな声で尋ねると、人事担当はあっさり彼女は入院中だと教えてくれた。

「それは知りませんでした。病院はどちらに？」

　これもすんなり教えてくれる。

人事課までは事件のことが通達されていないのか、病院を教えたところで面会を取り次ぐはずはないと思っているのか知らないが、手間が省けた。

回線を切ると、ジャスミンはルウに連絡を取った。今度は通信文だ。

「頼みがある。出られるか?」

何とも『男らしい』誘い文句だが、平日の日中だ。しかもルウは学生という身分である。

普通なら出られるはずがない。あまり期待はしていなかったが、すぐに明るい声で連絡が入った。

「いいよ。今ちょうど空いているから」

「授業があるんじゃないのか?」

「誘っておいてそういうこと言わないでよ。今日は午前中だけ。山ほど課題をもらって帰ったところ」

「忙しいところをすまない。どうしてもきみの力が必要なんだ。——女装してくれないか」

唐突《とうとつ》な申し出だが、ルウも平然と問い返した。

「どっちの意味で? 普通、女装っていうのは男の人が女の人の服を着ることだけど……」

「そっちじゃない。身体ごとのほうだ」

「いいけど、何をするの?」

「レイチェルに会ってほしい。彼女はまだ入院中だ。わたしのようなごつい女が押しかけても、すんなり話に応じてくれるとは思えないからな。それよりはもっと楚々《そそ》として純情可憐《かれん》な、それでいて傷ついた女性の心を癒《いや》せる聖母のような包容力を持つという、いささか現実離れした女が一人、必要なんだ」

「むちゃくちゃ言われてる気がするけど……」

苦笑しながら、ルウは不思議そうに言ってきた。

「ジャスミンは身体は大きいけど、ごつくはないよ。美人だし、プロポーションだって抜群だし、むしろ、女の人らしいと思うけど」

ちょっと笑ってしまったジャスミンだった。

クーア財閥総帥時代には、歯の浮くような賛辞を飽きるほどもらったが、こうも淡々と素直な口調で言われたのは初めてだ。

「それは口説《くど》いてくれているのかな？」

「ううん。キングの奥さんを口説いたりしないよ。褒《ほ》めてるだけ」

ますます苦笑が洩れる。

男の褒め言葉は普通口説き文句と同義語なのだが、この相手に常識は通じないらしい。

「きみのような美しい『女』に言われるのは非常に複雑なものがあるが、とにかく出てきてくれ」

「一時間待てる？　女物の服なんか持ってないから買いに行かないといけないし、お見舞いに行くなら何か持っていったほうがいいでしょ」

「もっともだ」


フォードレイン病院はトリジェニス郊外の静かな場所にあった。

外部を遮断《しゃだん》する壁の内側には広い中庭がつくられ、入院患者が散策できるようになっている。

その庭も緑の垣根や樹木がふんだんに植えられ、庭全体が見渡せないような造りになっている。

レイチェル・アストンは部屋着にサンダル履《ば》きで外の空気を吸いに出ていた。

事件から既に十日近くが過ぎている。

顔の傷も目立たなくなっていたが、レイチェルは帽子を深く被って人目を避けるようにしていた。

ベインズ警部はレイチェルをなかなかの美人だと評したが、体つきはほっそりと華奢《きゃしゃ》で肌も若々しく、確かに言われなければ四十歳には見えない。

「ミス・レイチェル・アストン？」

レイチェルはぼんやりと相手を見上げた。

初めて見る顔だった。医師でも看護師でもない、黒髪を束ねた若い女が立っていた。

ベンチに座るレイチェルににっこりと笑いかけて、空《あ》いているところに眼を向けて言う。

「座ってもいいかしら？」

「どうぞ」

尖《とが》った声が出た。

見たことのない相手だが、レイチェルは病院側が手配した相談員《カウンセラー》か何かだろうと思ったのだ。

哀れみの眼差しで見られるのが煩《わずら》わしかった。

同情されて慰《なぐさ》められるのも気に入らなかったが、追い払うのも面倒だったのである。

相手は横に座っただけで話しかけてはこなかった。ただ並んで、黙って座っていた。

レイチェルが隣にいる人の気配を忘れかけた頃、相手はのんびりと口を開いた。

「気持ちのいいお庭ね」

「ええ」

上の空で返事をすると、隣に座った若い女は身を乗り出して、帽子の下の顔を覗き込んできた。

「レイチェル。あなた、泣いた?」

「まさか」

レイチェルは反抗的な口調で答えて、きつい眼で相手を睨《にら》みつけた。

「まっぴらよ。どうしてあんな男のせいで泣いたりしなきゃいけないの」

「だけど、あなたは傷ついている」

「いいえ!」

ますます憤然《ふんぜん》とレイチェルは言った。

「わたしは傷ついたりなんかしていない」

そう言うレイチェルの顔は固く強《こわ》ばり、その指は部屋着の膝をきつく握りしめている。

「あの男は許せない、殺したところで飽き足らない。感じているのは煮えるような怒りだけよ」

自分自身に言い聞かせるような口調だった。

「わたしは平気よ。傷ついたりなんかしていない。そうよ、前の時だって……」

レイチェルの洩らした一言を聞き咎《とが》めて、相手は静かに問いかけてきた。

「前にも、あったの?」

「ええ」

レイチェルは苦々しい顔で微かに頷いて、

「だから、わたしはこんなことに負けたりしない。

——負けるものですか」

挑むような眼差しで相手を見た。

「あなたからも医者に言ってちょうだい。わたしはもう働けるって。仕事があるのよ。こんなところでぐずぐずしていられないの」

若い女は穏やかな眼でレイチェルを見つめ返して、首を振った。

「だめよ。退院許可は出せないわ。あなたは怪我《けが》をしているもの。——とても深い怪我を」

「こんな傷！　入院する必要はないでしょう！」

かっとなって叫んだレイチェルだったが、相手の顔を見て口をつぐんだ。

何故かはわからない。だが、海のように青い瞳はレイチェルの心の底まで見通している気がしたのだ。

憐憫《れんびん》でもなく、同情でもない。あくまでも静かな表情で言ってきた。

「あなたは怪我をしている。あなたの心は深い傷を負っている。それなのに、泣いたら、負けなの？」

「そうよ……。泣いたりするのは弱いからよ」

「あなたは何も悪いことはしていないのに、とても苦しんでいるのに、どうして勝ち負けがあるの？」

レイチェルは何か言いかけて、口を閉ざした。

しばらく黙って座っていたが、その肩が震え出し、その眼にみるみる涙が溢《あふ》れてくる。

それでもまだ彼女は頑《かたく》なに首を振り、必死に声を絞り出した。

「……あんな男の思い通りになるのはいやよ」

「ならないわ」

若い女は——ルウは、まさにジャスミンが言ったとおりの役割を果たしていた。

その表情やその声には傷ついた人の心をほぐして癒す効果があるようだった。

「痛い時や苦しい時は大きな声で泣いたらいいのよ。そのほうがすっきりするもの。それに、あなたには泣くのを我慢するだけの強さがあるじゃない」

レイチェルの手をそっと握って笑いかける。

「だから、大丈夫。思いきり泣いても。そうしたら、きっとすぐに退院できるわ」

レイチェルは涙の滲《にじ》む眼でルウを見つめていたが、やがて本当に泣き出した。大きな声ではなかったが、溜まっていた澱《おり》を残らず洗い流してしまおうとする激しい涙が収まるまで、ルウはずっとレイチェルの手を握って優しく肩を撫《な》でていた。

「ねえ、レイチェル」

泣きはらした顔を拭う手巾《ハンカチ》を差し出して、ルウは慎重に尋ねた。

「あなたはその人に、少しでも好意のようなものを持っていた？」

「いいえ」

涙を拭って、レイチェルはきっぱり言った。

「そんな感情はなかったわ。女の子たちはすっかりのぼせあがっていたけど、調子のいい男で、あまり好きにはなれなかった。わたしが興味を持ったのはあくまであの男が持ちかけてきた資料の内容だった。

——冷静に考えてみれば、そんなはずはないのに」

話の脈絡が摑《つか》めなくて、ルウは首を傾げた。

「どうして『そんなはずはない』の？」

「あの男は有資源探索者《ハンター》だと自称していたのよ」

男は辺境惑星の土中に未知の微生物を発見したと言ったそうだ。自分にも微生物学の知識があるので独自に調べてみた結果、製薬の分野で使える性質を持っているのではないかと判断し、こちらで商品化してもらえないかと思って持ち込んだと。

実際、男の提出した資料の摘要《レジュメ》は驚くべきもので、レイチェルはすぐに乗り気になった。

「いろいろと質問したけど、すぐに変だなと思った。こんな摘要をまとめるからには、自分で言うように専門知識があるはずなのに、それにしては……」

「初心者が知っているようなことを知らない？」

「ええ、そんな印象があった。今にして思えばね」

「もう少し詳しく話してくれるかしら？　たとえばどんなことを知らなかったの」

「言っても無駄よ。いえ、あなたにわかるようには話せないわ。専門的な話になるから」

「かまわないわ。あなたの言葉で話してみて」

「それなら言うけど、たとえば……」

その後のレイチェルの話にはかなりの専門用語が混ざっていたが、ルウはその内容を正確に理解して、逆に質問までしたので、レイチェルは驚いたらしい。

苦笑して言ってきた。

「あなたは本当に詳しいようね」

「バイオは趣味でやっているから。だけど、そんな素人《しろうと》さんじゃあ、すぐにぼろがでるんじゃない？」

「それがそうでもなかったの。言葉に詰まることは何度もあったけど、すぐに話題に応じてきたから。よっぽど忘れっぽい性格なんだと思ったわ」

確かに、おかしな話だ。

レイチェルは製品開発部門の一課の主任である。薬理学、微生物学の修士号を持つ専門家でもある。

「あなたの眼から見て、その人が持ち込んだ資料は本当に有望に見えたのね？」

「間違いないわ」

断言したレイチェルだった。

ルウは少し考えて、独り言のように呟《つぶや》いた。

「それなら、もしかしたらその男はただの代理人で、背後には別の誰かがいたのかもしれない」

レイチェルは驚いたようにルウを見た。

「わたしの研究を盗むために？」

「そうね……」

曖昧に頷いて、ルウは真顔でレイチェルを見た。

「——仕事を続けるのはいやになった？」

「いいえ」

さっきまでの感情的な否定の言葉とは違う。

力強い声だった。

「仕事はわたしの生き甲斐《いがい》でもあるわ。だからこそ一日も早く復帰したいのよ」

ルウはにっこり笑って手を伸ばし、レイチェルの顔に触れた。

眼の周りの痣《あざ》や唇の傷を優しくなぞって言う。

「この傷が治るまで、もう少し待って。そうしたらお医者さんも退院を止めないと思うから」

レイチェルは思わず眼を閉じて、顔をなぞる指の感触を追った。

不思議な手だった。

あのことがあってから、相手が女医でも、身体に触れられるのは気持ちのいいものではなかった。

心のどこかでいつも身構えていたのに、この指は何故だかとても心地いい。

「これ、お見舞い」

眼を開けると、色とりどりの花が飛び込んできた。差し出されていたのは花籠《はなかご》だった。淡い色合いの可愛らしい花ばかりを使ってつくられている。

レイチェル自身はもっと色合いの鮮やかな大きな花が好みだったが、この花籠は可愛いと思った。

自分でも知らないうちに微笑んで、素直に花籠を受け取っていた。


気持ちが荒《すさ》んで、ささくれ立っていると、美しいものを美しいと感じる余裕すらないものだ。

現に今まで、庭の緑も花壇《かだん》の花も、レイチェルにとって何の意味もないものだった。眼に入ってすらいなかったが、今は違う。素直に美しいと思える。

花籠の芳《かぐわ》しい香りを胸いっぱいに吸い込み、礼を言おうとして顔を上げた時には、今までそこにいた相手の気配はどこにもなかった。

その時になってレイチェルはあの相談員の名前も聞いていなかったことに気がついた。


ジャスミンは車の中でルウとレイチェルの会話を聞いていた。

レイチェルには申し訳ないが、ルウには超小型のマイクを襟元《えりもと》に忍ばせてもらっていたのである。

盗み聞きはよくないことだが、ジャスミンはもと情報将校だけに、こうした非常手段も慣れっこだ。

病院から抜け出してきたルウが車に乗り込むと、

ジャスミンは窓にシールドを掛けた。

外から内部が見えないようにしたのである。

操縦席のジャスミンは傍目《はため》にも険《けわ》しい表情で黙り込んでいた。

声を聞くだけでもレイチェルがいまだに癒えない傷に苦しめられていることはありありとわかる。

しかも、それをやったのが夫の顔をした男なのだ。

「調子のいい男か……。畜生《ちくしょう》め。どこのどいつか知らんが、警察より先にとっつかまえて八つ裂きにしてやりたいくらいだ……」

怒りに駆られてそんな物騒なことを呟きながらも、ジャスミンは冷静だった。

「どうも話の流れがおかしい。犯人の狙いは本当に企業秘密だったのか？」

「ぼくもそう思う」

後部座席では、男の身体に戻ったルウがせっせと服を着替えている最中だった。

これぱかりは何度見ても魔法としか思えない。

性転換手術などとは比べものにならない変化だ。

骨格のすべてが一度完全に溶けてしまう。そしてまったく別の生き物をその場で構成してしまう。

もっとも、ルウの場合、男性に戻っても雰囲気は非常に優しげなので（少なくとも普段は）、あまり変化はないとも言える。

身だしなみを整えて前席に移ってくると、ルウも眉《まゆ》をひそめて言った。

「レイチェルの研究にどのくらいの価値があったか知らないけど、やることが大げさすぎるよ」

「顔を盗んだ男はただの使い走りか？」

「その可能性が高いね。耳の中に通信機でも入れて、誰かから指示をもらって、その通りにレイチェルと話してたんじゃないのかな？」

「そこまで手の込んだことを仕掛けておきながら、レイチェルにはあれから接触して来る様子がない。

——なぜだ？」

ジャスミンの眼が金色に光り始めている。

ルウにもその答えはわからなかった。

ただ、ジャスミンが感じているに違いない得体の知れない不安感を、ルウも確かに感じ取っていた。

「いやな感じだね」

「まったくだ」

舌打ちしてジャスミンは車を発進させた。

「どこに行くの？」

「ウォールトン州警察署だ」

そこにはケリーが呼ばれている。

トリジェニス市郊外からはほんの一走りだったが、到着してみると、ケリーは既に帰ったと聞かされた。

合流するつもりで、通信機に連絡を入れてみたが、なぜか応答がない。

通信機が機能していないらしい。

ダイアナがいればすぐにつないでくれるのだが、彼女はまだ遠く離れた船渠《ドック》の中だ。

電波遮断された場所にいるのかも知れないと思い、ジャスミンはいったん通信を切った。

「ひとまず戻るか？」

「そうしてくれると助かる。課題が待ってるしね」

「それは急がないといけないな」

かくて真っ赤なエア・カーは再び非常識な速度で大陸間横断道路を突っ走った。

もちろん、自動操縦でこんな速度は出せない。

事故を起こさないのが不思議なくらいの速さだが、運転席のジャスミンは実に無造作に車を操りながら、ルウに話しかけた。

「構造学を学んで、卒業後はどうする？」

「まだ夢だけど、自分の船をつくりたいと思ってる。《クーア・キングダム》みたいに贅沢《ぜいたく》で《パラス・アテナ》みたいな運動性能を持つ船をね」

ジャスミンは眼を丸くして、ちょっと笑った。

「贅沢な船が好きとは知らなかったが、個人所有の船にしては大きすぎるんじゃないか」

「大きさのことじゃないよ。船内に庭や畑があって、果樹園がある——そういうのがいいんだ。あの船は今は博物館だけど、初めて行った時はびっくりした。とても船の中とは思えなかったもの」

「そんなものを抱えた上で《パラス・アテナ》並の運動性能を備える？」

懐疑的な口調で呟いたジャスミンだった。

「恐ろしく高い理想だが、そのためにはどうしてもダイアナのような感応頭脳が必要になるぞ」

「そうなんだよねえ。そこが大問題」

ルウは真顔で頷いている。

「彼女のあの、他の人工知能を攻略したり、連邦の誘導装置を無力化したりっていう能力の秘密って、いまだに解明できてないの？」

「あの男に解明する意思がないのさ。ダイアナもだ。自分でそう言っていた。何故できるのか知らないが——何故かできる。それで充分だろうともな」

ルウは深々と息を吐いて首を振った。

「感応頭脳の専門家が聞いたら卒倒するよ、それ」

「わたしもそう思う」


しかめっ面をつくりながらも、ジャスミンの声は楽しげだった。

「きみも知っての通りダイアナには自由意思がある。その時点で、あれは人間に使役される機械ではなく、独立した一個の人格なんだ」

「おまけにかなりの秀才でもあるよね」

「当然だな。勉強する時間はいくらでもある。何を学習するかを自分で選択する感応頭脳とはこれまた冗談のような話だが、あれがかなり勉強熱心なのは間違いない」

「いっそのこと、ダイアナ自身に彼女と同型の——もちろんあれほど高性能じゃなくていいんだけど、感応頭脳をつくってもらうのもいいかもね」

「それも無理だと思うぞ。自分のような人工知能をつくることに意味はないと言っていたからな。人に従わない、人の命を何とも思わない、そんな機械は物騒で仕方がないだろうと」

再び何とも言えない顔になったルウだった。

「どう考えても自分で言うことじゃないと思うよ」

ジャスミンは悪戯《いたずら》っぽく笑って話題を変えた。

「わたしとしては一度、きみの生まれ故郷の惑星に下りてみたいんだがな」

「宇宙船で？」

「もちろん」

「そういうことならぼくに許可を取る必要はないよ。座標はキングが知ってる」

今では探知機はおろか肉眼でも見えない星なのに、ルウはあっさり言った。

「着陸するのは無理だと思うけど、近くまで行けば、たぶん下りられるんじゃないかな」

「簡単に言ってくれるが、そんなに安請け合いしていいのか？」

「あなたたちならね。大丈夫。信用してる」

ジャスミンは隣に座る青年を横目で見やった。

「それは、わたしたちなら星に下りたことを人には話さないだろうという意味か？」

ルウは首を振った。

「話してもいい人と話してはいけない人をちゃんと区別してくれるだろうって意味だよ」

運転しながら、ジャスミンは含み笑いを洩らした。

この黒い天使は言葉づかいや態度こそ珍妙だが、頭の中身は決して悪くない。

悪くないどころか、話すことは極めて鋭く、的を射ている。

「初めに見た時はおかしな男だと思ったが、きみはなかなかおもしろいな」

「そう？」

「そうとも。わたしは未成年は趣味じゃないんだが、きみは例外だな。口説いてみたいくらいだ」

ルウは眼を丸くして、窓際に身体を逃がしながら、わざとらしく悲鳴を上げた。

「きゃー」

まったく抑揚の感じられない『きゃー』だった。

4

州警察署を出たケリーは足を探していた。

来る時はウェスト刑事の車で来たが、帰りまではさすがに送ってもらえない。

タクシーを探していると、ケリーの前に、立派なリムジンがすべるようにやってきて止まった。

乗り物にふさわしく高価《たか》そうな三《み》つ揃《ぞろ》いの背広を来た男が下りてきて、慇懃《いんぎん》に頭を下げる。

「ミスタ・クーア。お迎えに参りました。どうぞ、お乗りください」

「どちらさんだい？」

「わたくしはアルトラヴェガ・ウォールトン支社の社長秘書を務めておりますスペンサーと申します。この度は結果的に人違いであったとは言え、大変なご迷惑をお掛け致しました。つきましては支社長のフレッチャーがミスタ・クーアにお会いして直々にお詫《わ》びしたいと申しております」

ケリーは肩をすくめた。

面倒くさそうな口調を隠そうともせずに言った。

「気持ちだけで結構。俺は別に気にしちゃいないと支社長さんに伝えてくれ」

「そうは参りません。ぜひともお連れするようにと申しつかっております」

「いやだと言ったらどうする。腕ずくで引っ張っていくかい？」

「とんでもない。あなた様が同行してくださるまで、わたくしがこの車で後をついて参ります」

匙《さじ》を投げたケリーだった。

こんな車に歩行速度でのろのろついてこられたら目立つことこの上ない。

面倒は一度で済ませるに限ると判断して、招待に応じることにした。

意外にもケリーを乗せたリムジンが向かったのは、ウォールトン支社ではなく、ホテルでもなかった。

トリジェニス市の中心部にありながら立派な門と広大な庭に囲まれた白亜の殿堂だった。

「ここは？」

「社が所有する建物です。社員研修や、遠方からのお客さまをもてなす滞在先として使用しております。学会などもよくここで開催されます」

それにしては贅沢《ぜいたく》な建物だった。

外見が大理石なら玄関も大理石、内部もしかりだ。どこの国の迎賓館《げいひんかん》かと思うほどだった。

二階へ続く幅広の階段には緋色《ひいろ》の絨毯《じゅうたん》が敷かれ、豪華な装飾電灯《シャンデリア》が眩《まばゆ》いばかりの光を放っている。

慣れない人間なら呆気《あっけ》にとられたかもしれないが、ケリーは財閥総帥時代、様々な場所を訪れ、成金と称される人たちの力の籠《こ》もった歓迎を受けてきた。

今のケリーは総純金造りの部屋でも驚かない。無駄なことをするものだと呆《あき》れるだけだ。

一階の奥の部屋に案内されると、そこには二人の男が待っていた。

一人は六十年配の男だった。残り少ない白い髪をきちんと撫《な》でつけている。背は高いが猫背ぎみで、顔も身体も骨張って、神経質そうな印象を受ける。

これが支社長のフレッチャーだった。

「よく来てくださった、ミスタ・クーア。こちらはわたしの友人のマードック大佐」

マードックはがっしりした体格で、肌は浅黒く、目つきは鋭い。軍服こそ着ていないが、立ち姿一つとっても、いかにも軍人らしい雰囲気がある。

フレッチャーが慎重な口調で説明した。

「警察が捜査をしているが、どうも心許ないのでね。大佐には今回の事件を密かに調べてもらっている」

それだけ今回の事件がアルトラヴェガ社にとって大きな衝撃だったということだろう。

腰を下ろすと、フレッチャーが話を切り出した。

「失礼は承知だが、あなたの経歴を少し調べさせてもらいました」

ケリーも鷹揚《おうよう》に頷《うなず》いた。

「そちらの立場としては無理ないことでしょうな」

「理解を示してくれて感謝しますよ」

フレッチャーはケリーの顔をまじまじと見つめ、一つ咳《せき》払いをして言った。

「わたしは問題の男に会ったことはないが、確かに、うちの社員が撮った写真の顔そのままですな」

「まだ俺をお疑いですか？　その容疑はつい先程、きれいに晴れたはずです」

「もちろんです。鑑定結果は聞きました。あなたが犯人ではないということはよくわかっています」

だが、無遠慮にケリーを眺め回す眼差しを見ても、本当に納得しているかどうかは疑問だった。

今度はマードックがずばりと切り出した。

「ミスタ・クーア。我々としては本当に、あなたに心当たりはないかとお尋ねしたい。犯人が無作為にあなたの顔を使ったとは思えないからです」

「犯人と俺との間に何か接点があるはずだと？」

「有り体に言えばそういうことです。あなたは個人営業の船乗りだそうだが、お仕事柄《がら》、誰かに恨みを買うようなこともあるのでは？」

「ないとは言えませんが、だからといって、地上でこんな報復をされるような心当たりはありません」

警察で答えたのと同じことを、ケリーはここでも繰り返した。

「俺も今回の事件は非常に心苦しく思っています。お役に立つことがあれば協力したいのは山々ですが、さっぱりなんですよ」

フレッチャーは今度はケリーの経歴を尋ねてきた。生まれはどこなのかに始まり、両親の名前、職業、さらにはいつ船乗りになったのかということをだ。

その答えもぬかりなく用意してあるが、ケリーはいささか気分を害した様子をつくって言い返した。

「根掘り葉掘り聞かれるのは好きじゃないんでね。何より、あなた方は警察ではないのだから、答える義務はないはずです」

「これは失礼」

マードックはマードックで、ケリーの交友関係が気になるらしい。特にケリーの不在証明《アリバイ》を証言した黒い天使のことをしきりと尋ねてきた。

「個人営業の船乗りと連邦大学の学生とは予想外の組み合わせだが、どういうお知り合いですかな？」

「ひょんな事で知り合って意気投合したんですよ。いつ頃だったかは覚えていませんがね。結構、長いつきあいです」

二人ともまだまだ訊きたそうな雰囲気だったが、ケリーは面倒くさくなって立ち上がった。

「失礼しますよ。これ以上は時間の無駄だ」

「いいや、それは困る」

マードックが横柄《おうへい》な口調で言って立ち上がった。

「腹のさぐり合いはやめて単刀直入に申し上げよう。支社長もわたしもあなたは今回の事件の実行犯ではないにせよ、共犯ではないかと思っているのだ」

フレッチャーが冷ややかな口調でつけ加えた。

「はっきり言うなら、きみが主犯の可能性すらある。自分の顔をわざと他人に使わせ、自分は疑惑の眼をそらしたのかもしれん」

「あいにく俺はそこまで暇じゃない――と言ったら信じてもらえるのかな？」

嘲笑《ちょうしょう》とともにケリーが尋ねると、二人は沈黙をもって答えた。

「つきあってられねえな。帰るぜ」

宣言して部屋を出て行こうとしたケリーの背中に、マードックが思いもよらない言葉を吐いた。

「《ピグマリオンⅡ》がどこでどんな状況にあるか、知っているかね？」

ケリーの足が止まった。

琥珀《こはく》の眼がすうっと細くなり、鋭い光を増したが、振り返った時のケリーは薄く微笑を浮かべていた。

「いいや、知らないな。教えてくれるかい？」

マードックがリモコンを操作すると、壁の絵画が映像に切り替わった。

事故を知らせる報道番組のようだった。

画面からも緊迫《きんぱく》した空気が感じ取れる。

映し出される文字は『謎の襲撃！』となっており、場所は宇宙港のように見えた。

若い女性が画面に向かって話しかけている。

「これほど大胆な襲撃が行われたことに航宙管制も大きな衝撃を受けています。《ピグマリオンⅡ》は船体に損傷を負いましたが、航行能力に支障はなく、自力でこのオアシスGQ11《ジーキューイレヴン》にたどり着きました。——お待ちください。船長にお話を伺《うかが》えそうです。マクスウェル船長、突然の攻撃だったそうですが、あなたの船を襲ったのは海賊でしょうか？」

画面に映るダンは厳しい表情で首を振っている。

「断言はできませんが、可能性は低いと思います」

「では、船を傷つけたのは微惑星の衝突などによる自然現象ですか？」

「いや、その可能性も低いでしょう。船体の損傷を見れば人為的な攻撃を受けたことは明らかです」

画面が切り替わって《ピグマリオンⅡ》の外観が映った。

外装に穴が開き、内部の非常防壁が作動している。

さらに状況説明が入った。

事件があったのは辺境に位置する宙域である。

巡航速度で航行中の《ピグマリオンⅡ》を、突如、外部からの衝撃が襲った。

乗員が投げ出されそうになったほどの衝撃であり、感応頭脳はけたたましく船体の損傷を訴えた。

明らかな攻撃だったが、問題は、いくら探しても周辺宙域に他の船の姿がなかったことだ。

報道記者は熱心な様子で話しかけている。

「これが海賊の仕業だとしたら、探知機に映らない新兵器を装備していたことになりますね？」

「確かに、意図的に船影を消していたと考えるのが妥当《だとう》かもしれません。しかし、そこまでして痕跡を消したのなら、もっと大きな獲物を狙うはずです」

淡々と答えてはいるものの、自分の船が攻撃され、傷ついたことにダンは強い怒りを感じている。

その激情を押さえ込んで、ダンはあくまで冷静に言葉を続けた。

「積み荷を配送した後だったのが不幸中の幸いです。乗務員に一人の負傷者が出なかったこともです」

「出航のご予定は？」

「被害も軽かったので、修理が済み次第すぐに」

「わかりました。お気をつけて。――以上、第十四宇宙港からお送りしました」

映像が切れて元の絵に戻る。

マードックがもったいぶった口調で言った。

「これは二時間前の報道だ。《ピグマリオンⅡ》は現在オアシスＧＱ11《ジーキューイレヴン》で修理を続けている」

ケリーは琥珀の眼でマードックを見つめながら、気味が悪いくらい穏やかな声で言った。

「それで？」

「あなた次第だ。あなたが素直に同行してくれれば《ピグマリオンⅡ》は無事に出航できる。断るなら、船と乗員をさらなる予想外の事故が襲うだけだ」

フレッチャーがわざとらしい咳払いをする。

「誤解しないでもらいたいが、我々も無用な被害は出したくないのでね。きみが素直に従ってくれれば、誰も傷つかずにすむ」

マードックが後を受けた。

「断っておくが、短気は控えることだ。この建物はわたしの部下たちが完全に包囲している」

鼻で笑ったケリーだった。

どうやら自分はまんまと『飛んで火に入る夏の虫』を演じさせられたらしい。

相手が何人だろうと蹴散らして帰ることは決して不可能ではないが、ケリーはそうはしなかった。

確かめなければならないことがあったからだ。

「一つ訊きたいが……」

これだけは無視して帰るわけにはいかなかった。

「俺を招待するのにずいぶん大がかりな真似をして

くれたようだが、なぜ《ピグマリオンII》なんだ」

余裕たっぷりにマードックは答えた。

「そんなにおかしな話でもない。あの船長はきみと親しい間柄だろう?」

その通りである。否定はしない。

否定はしないが、どの程度の『間柄』だと思って言っているのかが大問題だった。

何としても突き止めなければならなかった。


寮までルウを送り届けた後、ジャスミンは市内の通信センターに立ち寄った。

ホテルの回線を使うと、どんなに後始末をしても履歴《りれき》が残る恐れがあるので、わざわざ不特定多数の人間が利用する場所で作業を始めることにしたのだ。

既に陽が暮れようとしているが、さすがに学生の街だけあって、中には結構、人の姿があった。

ジャスミンはなるべく人の少ないところを選んで、アドミラルのクーア財閥管理脳に接続し、そこからアルトラヴェガ社の情報を引き出した。

創業は九四三年、意外に若い会社だ。

ジャスミンが現役の総帥時代にその名前を聞いた覚えはないから、この数十年で急成長したらしい。

クーアの情報庫は経済関係ならば連邦図書館にも負けない資料が揃っている。

加えて図書館では調べられない業界独特の事情についても網羅《もうら》されている。

アルトラヴェガ社は今では共和宇宙全域に勢力を広げ、医療業界とも結びついて、連邦政府にも強い影響力を持つようになっているとある。

現在の経営陣や業績などにざっと眼を通した後、ジャスミンはウォールトン支社について詳しく調べ、支社長のフレッチャーの個人情報などを記録して、回線を切った。

いつの間にかすっかり陽が暮れている。

夕食もまだだったことを思い出してケリーに連絡してみたが、やはり応答がない。

やむなくホテルのフロントを呼び出して訊いた。

「夫から何か連絡はあっただろうか？」

「いいえ。ですが、他の方からの伝言を承《うけたまわ》っております。なるべく早く連絡してほしいとのことでございました。お急ぎなら、お車におつなぎすると申し上げたのですが、それには及ばないと……」

「どなたかな？」

フロントは慎重に言葉を選んだ。

「お名前はおっしゃいませんでしたが、若い女性の方でした」

「金髪碧眼の？」

「さようでございます」

「わかった。早速連絡してみるとしよう」

その金髪美人はホテルのフロント経由で話すのをきらったのだ。

辺りを見渡して、人気がないことを確認した上で、ジャスミンは《パラス・アテナ》を呼び出した。

そろそろ修理が終わる頃である。待ちくたびれて出航を催促《さいそく》してきたのかと思ったが、画面に現れたダイアナの顔は真剣そのものだった。

「ジャスミン。ケリーはどこ？」

「——どうした？」

「ケリーの反応が消えたの。もう五時間になるわ。彼は今どこにいるの？」

ジャスミンの表情も一気に険《けわ》しくなった。

「まさか、またあの義眼がえぐり取られたのか？」

「いいえ。違う。そんな衝撃は感じなかった。ただ探知できなくなったの。彼は完全に電波遮断《しゃだん》された場所にいると思われるのよ。——心当たりは？」

「ない」

短く答えてジャスミンは考えた。

「こっちで起きている事件のことは聞いているな？　あの男は六時間前にウォールトン州警察署を出た。わたしに確認できたのはそこまでだ」

「まだ数時間だし、彼のことだから心配しなくてもいいとは思うんだけど……」

ダイアナの顔は不安に曇っている。

「わたしやあなたに何も言わずに、何時間も連絡も取れない状況にいるなんて、ケリーらしくないわ」

「同感だ。——今までこんなことは？」

「なかったわけじゃないけど……気になるのよ」

共和宇宙最高の感応頭脳は珍しく言葉を濁《にご》した。

ケリーの右眼は感応頭脳との同調装置でもある。

ダイアナはそこからの信号によって常にケリーの存在を感じ取れるが、今はそれが断ち切られている。その喪失感が不安になって表情に表れている。

不審に思ったのはジャスミンも同様だ。

他の場合ならともかく、今のケリーは警察に眼をつけられている。容疑が晴れたとは言え、真犯人はまだ捕まっていないのだ。油断はできない。

案外、その真犯人の手がかりを追っているのかもしれないと思って、ジャスミンは慎重に言った。

「騒いでも無意味だからな。もう少し様子を見よう。おまえもできるだけ早くこっちへ来てくれ」

「わかったわ」

ジャスミンはホテルに戻り、まんじりともせずに夜を明かしたが、ケリーはやはり戻ってこなかった。

別々に行動することは珍しくない自分たちだが、どこへ行くのか、いつ帰るのか、そのくらいは常に知らせ合っている。音信不通とは穏やかではない。

一人で使う寝台の広さがやけに気になった。

朝日が差し込む部屋でジャスミンが寝不足の顔を洗い、勢いよく朝食を平らげていると、内線端末が勝手に起動してダイアナの顔が映った。

「お待たせ。来たわよ」

「ありがたい。これで普通に話ができるな」

情報を集めるにしても、ダイアナの支援《サポート》があるとないとでは大違いだ。

現在、ダイアナは連邦大学惑星の軌道上にいる。これなら携帯端末や車からでも会話ができる。

朝食後、ジャスミンは車でホテルを出た。

行き先はウォールトン州警察署である。ケリーの姿が最後に確認された場所だ。

昨日ケリーの無実が判明したばかりだというのにジャスミンが現れたので、管理官も驚いたようだが、快く面会に応じてくれた。

「お忙しいところを申し訳ないが、肝心の再検査の結果を聞き忘れたので」

挨拶《あいさつ》もそこそこにジャスミンが言うと、管理官は訝《いぶか》しげな顔になった。

「そのことでしたら昨日、疑いは晴れたとご主人にお話ししました」

「それは何より」

あっさり頷いて、ジャスミンは話題を変えた。

「ところで、お尋ねするが、昨日から今朝に掛けて、この付近で何か事件が起きてはいないか？」

バトラー管理官が訝しげな顔になる。

「どういう意味でしょう？」

「たとえば爆発事故が起きて建物が吹っ飛んだとか、不審火が出て街の一区画が消失したとか、不可解な怪我人《けがにん》が大量に病院に駆け込んだとか……」

「そのような報告は受けておりませんが」

管理官は困惑の表情で答え、ジャスミンはさらに身を乗り出した。

「それでは、あなたの立場ならおわかりのはずだが、荒事専門の州軍警察が出動した事実はないか？」

「ミズ・クーア……」

さすがに管理官も呆れたような顔になる。

「失礼ですが、お話の趣旨がさっぱりわかりません。何をおっしゃりたいのです？」

ジャスミンは困ったような顔で苦笑した。

「夫が行方不明だ。昨日から連絡も取れない。何か心当たりは？」

管理官は少なくとも表向きは表情を変えなかった。

冷静な口調で答えた。

「いいえ。まったく」

「あなたの立場ではそれしか言えないということは理解している。だが、アルトラヴェガ社の関係者が夫を不当に拘束しているとしたら立派な犯罪だぞ」

「もちろんです。そのような事実があるなら、我々警察が毅然《きぜん》として対処します」

管理官の言葉には力が籠もっている。

嘘偽《うそいつわ》りは感じられない口調だが、ジャスミンは素知らぬふりで続けた。

「相手は何しろ一流企業のお偉方だ。風来坊同然の船乗り一人、どうにでもなると考えたかもしれない。警察上層部にはコネがあるから、多少勝手なことをしても大丈夫だともな」

捜査官は硬い顔で言った。

「それは警察に対する侮辱ですか？」

「失礼。確かに証拠もないのに言うことではないが、現実に夫は行方不明だ」

「捜索願を出されることをお勧めします」

ジャスミンは首を振って席を立った。

「やめておこう。あなたを信用していないわけではないが、それで夫が見つかるとは思えない」

州警察署を出たジャスミンが駐車場に止めた車に乗り込むと、ダイアナが話しかけてきた。

「彼女、早速アルトラヴェガの役員に連絡してるわ。さすがに露骨《ろこつ》なことは言わないけど、意味は通じる言い回しでね。もちろん向こうも否定してるわ」

「当然だな。素直に認めるわけがない」

車を発進させながらジャスミンは呟《つぶや》いた。

「ただ一つ、わからないことがある」

「目立った騒ぎが何も起きていない点ね？」

「そうだ。あんなものを取り押さえようと思ったら、大変だぞ。あの男が本気で暴れ出したら、仕掛けた側にもかなりの被害が出るはずだ。あんな危険物をどうやっておとなしくさせて持っていったのか？それが最大の謎なんだ」

「あなたにだけは言われたくないとケリーはきっと言うでしょうけど——実のところわたしも同意見」

ダイアナは冷静な意見を述べた。

「ケリーが自ら進んで連れていかれたのだとすると、

レイチェル暴行事件にも疑惑が生じるわね」

「だが、レイチェルが乱暴されたのは事実だぞ」

「わかっているわ。事実でなければ警察は動かない。ケリーもね」

その後、ジャスミンは念のためアルトラヴェガ・ウォールトン支社に寄ってみた。

名前をいうと、すぐに立派な応接室に通された。

応対した男は会社の顧問弁護士だと名乗り、終始丁寧《ていねい》な態度で話した。

ケリーに疑惑を掛けたことを詫び、ＤＮＡ鑑定の結果がはっきりしたこともあって、ご主人は完全に嫌疑から外れたと考えていると述べた。

嘘を言っているようには見えないが、弁護士ならそのくらいの芸当は朝飯前のはずである。

何より、問題は他にあった。

この会社があくまであの男を怪しいと考え、何かよからぬことを企んだとしてもだ。

素人《しろうと》の企業ごときに、あの男がおとなしく身柄を拘束されるとは思えないのである。

そこがどうしてもわからないジャスミンは社内の動向を調べるようにダイアナに頼んで車に戻った。

今度はフォードレイン病院に向かおうとした時、車の通信端末が鳴った。

ホテルのフロントからだった。

「恐れ入ります。急いでお話ししたいという方から連絡が入っているのですが、そちらにおつなぎしてよろしいでしょうか？」

「また昨日の美人か？」

そんなはずはないと知っていながら言ってみると、フロントは生真面目に応じてきた。

「いいえ。もっとお若い方です。金髪に緑の瞳の、非常にお美しいお嬢さままです」

ジャスミンは笑って言った。

「それを言うならおぼっちゃまの間違いだ。どうぞ、つないでくれ」

あの金の天使を気に入っているジャスミンは喜び、

内心の心配事を押しのけた笑顔で応じた。

「どうした？　この時間は学校だろう」

ジャスミンも要点をはっきり言う人だが、リィも決して負けてはいない。単刀直入に用件に入った。

「《ピグマリオンⅡ》のことは聞いてるか？」

「いや、初耳だ」

ジャスミンは真顔で身を乗り出した。

今では自分より年上の中年男でも、たった一人の腹を痛めた我が子である。気にならないわけがない。

「何かあったのか？」

「昨日、辺境の事件を知らせる報道で見たんだけど、省略されてて『《ピグマリオンⅡ》謎の襲撃』って、流れただけなんだ。ジェームスが心配して騒いでる。平日じゃあ、ここからは恒星間通信を使えないから、そっちで調べてくれないか」

「もちろんだ。――ありがとう。後で連絡する」

心から礼を言って、ジャスミンは通信を切った。

行き先をひとまず変更して、トリジェニス市内の通信センターに向かったジャスミンは、辺境の報道番組を検索しながら、ふと思った。

もしかしたら、あの少年は息子《ダニエル》の異変をわざわざジャスミンに知らせてくれたのかもしれない。

笑みがこぼれた。

まだほんの子どもなのに（実年齢が十九歳ということは知っているが、それもジャスミンにとっては充分子どもの歳である）抜群の戦闘力を誇りながら、意外に気配りの人だと思った。

検索してみると、その番組はすぐに見つかった。

《ピグマリオンⅡ》の事故は辺境宙域で起きたため、中央銀河ではほとんど報道されることはなかったが、地元ではかなりの注目を集めているとある。

民間船が宇宙海賊に襲われることは珍しくないが、こんなふうに襲撃されるのは例がない。

特に《ピグマリオンⅡ》は民間船としては最高の感応頭脳を搭載しており、最新型の探知機や武器を装備している船だ。

その《ピグマリオンⅡ》が船影を確認もできず、為《な》す術《すべ》もなく攻撃されたのだ。そのことに関係者は強い衝撃を受けているとある。

報道に眼を通しているジャスミンの表情が次第に険しくなっていった。

画面から眼を離さないまま、ダイアナを呼び出し、自分が見ている情報をダイアナにも回して訊いた。

「現在の宇宙海賊にこれだけのことができる装備を備えたものがいるか？」

「九十九・九パーセントの確率で否定」

即座に返事が返ってくる。

「何より、こんなのは宇宙海賊のやり方じゃないわ。彼らは狙う獲物を間違えない。貨物を下ろした船を襲うなんて、しかも攻撃しただけで乗り込んでくる気配もなかったなんて、あり得ないわよ」

「同感だ。——ダニエルにつなげるか？」

「ちょっと待って。居場所を検索するわ」

ダンは修理中の船を下りてオアシス内のホテルに滞在しているらしい。

人間は今や宇宙の各地に進出しているが、星から星へと移動するには時間が掛かる。時には何ヶ月も掛かる旅もある。その長い旅路の孤独と渇《かわ》きを潤《うるお》す憩《いこ》いの場がオアシスだ。

宇宙では自然が一番の贅沢だから、中には本物の植物が植えられ、湖や川、海までつくられている。

ダイアナはたちまちダンの滞在先を探し出して、呼び出しを掛けた。

画面の背景が暗いところを見ると、向こうは夜の時間らしい。

ダン・マクスウェルはジャスミンを見て苦笑した。

「事故のことを聞いたんですか？　お母さん」

こう呼んでくるということは近くに人はいないと判断して、ジャスミンも息子の本名を呼んだ。

「怪我はないか、ダニエル？」

「ええ、何とか。船体もすぐに修理できそうです」

「報道を見たが、おまえ、本当に何に攻撃されたか見当がつかないのか？」

「情けない話ですが、さっぱりです。幽霊船にでも襲われたような気分ですよ」

さすがにダンの表情が苦いものになる。

「感応頭脳は平常時のことで沈黙していましたし、宙域は安定していて、警報が鳴る気配もなかった。航宙士も探知機から眼を離さなかった。それなのにいきなりエネルギー反応です」

「エネルギー反応？　砲撃だったのか？」

「間違いありません。番組では言いませんでしたが、少なくとも二十センチ砲クラスだ。それもかなりの近距離から撃たれてます」

ジャスミンの表情が一気に険しさを増した。

「機影隠匿《いんとく》性能か？」

「幽霊船でないとしたら、それしか考えられません。ですが、この辺境に、そんな高性能の機体を備えた宇宙軍を持つ国家は一つも存在しません」

「仮に存在するとして軍の最新鋭機がなぜ民間船に発砲するんだ。第一、至近距離で二十センチ砲弾を食らったら外装の損傷で済むはずがない。おまえの船など一撃で撃沈されているはずだぞ」

画面の中でダンは額《ひたい》にしわを寄せている。

「ですから不可解なんです。あれではまるでわざと狙いを外したとしか思えません」

金色の眼を爛々《らんらん》と光らせて、ジャスミンは言った。

「ダニエル」

「はい？」

「おまえの本名を知っている者は何人いる？」

唐突《とうとつ》な言葉にダンが眼を丸くする。

「いきなり何を言うんです？」

「あの男が行方不明だ」

「何ですって？」

「既に二十時間、連絡がない。前後してこの事故だ。偶然とは思えない。おまえは――おまえにとっては不本意な話だろうが、あの男を確保するための餌《えさ》に使われた可能性が大だ」

母親の言葉は思いもよらないものだったのだろう。

ダンはまさに茫然《ぼうぜん》自失の体だった。

「おまえの船を襲って、わざと被害を軽く抑える。その事実を見せつけて、おとなしく一緒に来れば、それ以上の危害は加えないとやる。実に効果的だ。――おまえの本名を知っている者は何人いる？」

ダンは大きく喘《あえ》いだ。

不本意といえばこれほど不本意な話は他にないが、彼は素早く状況を理解して、慎重に答えた。

「ローレンスを含めて――五人です」

「それはみんな子どもの頃からの友人か？」

「はい。ですがお母さん。わたしの船を撃ったのは間違いなく軍艦です。それも最新鋭の。友人たちの中に軍関係者は一人もいません」

「わたしもその可能性は考えていない」

と、ジャスミンは言った。

「なぜなら、おまえの友人たちは、あの男が戻ってきたことを知る立場にないからだ。知っているのはクーアと連邦のごく一握りの人間だけだ。それともその中に友人の誰かがいるのか？」

「いいえ」

ジャスミンの言うとおりだった。

ダンの友人たちが知っているのは、ダンがクーア財閥の総帥という約束された将来を捨てて、一介の船乗りとして宇宙で生きる道を選んだことだけだ。

その反面、ケリーが戻ってきたことを知っている連邦関係者は、ダン・マクスウェルがケリーの実の息子であるということを知らないのだ。

この両方を知っている人間は極めて数が限られる。

金銀黒の天使たちとファロットを名乗る少年二人。

さらにはジャスミンの数少ない友人たち。

その中にはダンの義理の両親のアレクサンダーとジンジャーも含まれるが、彼らの口からこの秘密が洩《も》れるということはまずあり得ない。

ルウの台詞《せりふ》ではないが彼らは話してもいいことといけないことをわきまえている大人である。

「第一、死んだ人間が生き返ってきたと言うよりは、あの船長は実はクーアの血筋なんだぜと、ぽろりと洩らすほうが常識的に考えてあり得る話だ」

この人に常識という言葉だけは使われたくないが、ダンもその点は否定せずに頷いた。

「特に今なら——あの人が死んで既に五年、財閥が役員の手で運営されている現在なら——多少は気が緩《ゆる》んでもおかしくありません」

「両方の情報を知りうる立場にいたのは誰なのか？　そいつを探す必要がある。調べるのはこっちでやる。おまえはその五人の名前と経歴を今すぐ《パラス・アテナ》に送信しろ」

思わず呻《うめ》いたダンだった。

「おてやわらかに願いますよ……」

「何もおまえの友人たちが犯人だとは思っていない。それより、おまえの船の乗員はどうなんだ？」

「彼らは知りません。話してはいません」

「その顔ぶれは？」

「トランク、タキ、ジャンクの三人です。それぞれ操縦士、機関士、航宙士です」

ジャスミンは一つ息を吐いて、慎重に尋ねた。

「ダニエル。怒られるのは承知で訊くが、おまえは彼らを信用しているか？」

ジャスミンの予想に反してダンは怒らなかった。

苦笑して言った。

「彼らを信じられなくなった時は、わたしが永久に宇宙《そら》から去る時ですよ」

ジャスミンはにっこり笑って頷いた。

「いい答えだ」

ダンもつられて笑い返したが、すぐ真顔に戻る。

「あの人は本当に拉致《らち》されたんですか？」

「ああ。今の状況ではそう考えるのが妥当だろうな。間が合いすぎる」

何より、これなら確実にあの男の抵抗を抑えて、無傷で持っていける。

ジャスミンは厳しい顔で口をつぐんだ。

不安というより強い焦燥《しょうそう》を感じていると、ダンが何か思いついたように言ってきた。

「お母さん。あの人の居場所ならルウに訊くといい。これなら世間が注目している事件ではないのだから占ってくれるでしょう」

ジャスミンは呆れて言い返した。

「おまえ、あの天使をきらっている割に、利用することばかり考えてないか？」

しかし、彼女の息子は顔をしかめながらも大胆に言い切った。

「わたしが言いたいのは手段を選んでいる場合ではないということです。もし本当に何者かがあの人の正体やわたしの素性を知って、こんな露骨なことを仕掛けてきたのだとしたら、早急に対処しなくては手遅れになります」

乱暴な意見だが、正論である。

ダンはここで声を低めた。

「彼の身柄を抑えられた時点で、我々は既に後手に回ってしまっている。しかし、彼が彼であることを敵がどうやって知ったのか、その点が大きな謎です。普通、死んで灰になった人間が何十歳も若くなって戻ってきたと言われたところで、信じられるはずがありません」

「確かめたのさ。——科学的な方法でな」

呻くような声でジャスミンは言った。

警察で行われたＤＮＡ鑑定——その結果を密かに入手して照合すれば、何よりの証拠になる。

だが、問題は照合するための元の情報——生前の、ケリー・クーアの個人情報がどこに残っているかだ。

息子との会話を確保しながらダイアナに尋ねる。

「あの男の死後、個体情報は処分したんだろう？」

「少なくとも登録されたＩＤ情報は全部抹消したわ。ただし、原本については何とも言えないわね」

「どういう意味だ？」

「地方惑星の——はっきり言えば田舎の実力者って、知名度《ネーム・バリュー》を異様にありがたがる傾向があるでしょう。

これがクーア財閥総帥の使った筆記具とか、これがクーア財閥総帥がお酒を召し上がった酒杯だとか、大事に飾っていてもおかしくないわ」

「使った食器を洗わずに飾っておくのか？　あまりいい趣味とは言えないな」

「もっとも、汗や唾液《だえき》からＤＮＡは採取できない。可能性があるとしたら客室係か清掃員でしょうね。ケリーが使った寝具や櫛《くし》に残っていた毛髪を拾って捨てずに取っておき、物好きな金満家に高いお金で売った。そんなところじゃないかしら」

「ますますもって変態的だな」

　大真面目に言う母親にダンは片手で顔を覆《おお》ったが、気を取り直して話を続けた。

「我々には敵の狙いも正体もわかっていないんです。利用していると言われるのは心外ですが――確かになるべくならあてにしたくない手段ではありますが、それだけに信頼度は抜群です」

　さらにダンは困ったようにつけ加えた。

「お母さんには申し訳ありませんが、息子のこともありますし、わたしとしては、今さら自分の素性を明らかにされるのは非常にありがたくないんです」

「それはわたしも同じことだ」

　ケリーが五年前に死んだクーア財閥総帥ケリー・クーア本人であることが世間に知れてしまったら、とんでもないことになる。

「おまえこそ気をつけろよ。出航前には自分の手で船の内外を徹底的に検査しろ。整備員を抱き込んで、爆発物や発信機を仕掛けた可能性もある」

「了解しました」

　通信を切ると、ジャスミンはダイアナに言った。

「もう一度、ウォールトン州警察署に侵入してくれ。あの男のＤＮＡ鑑定は誰がどんな手順で行ったのか、その情報がどこへ流れたのか、突き止めるんだ」

「言われなくても、もうやってるわ」

　ダイアナはウォールトン州警察署の厳重な防護に守られた記憶装置を片っ端から覗《のぞ》き、すぐに厳しい表情で言ってきた。

「思った通りよ。署内の情報装置を全部調べたけど、ケリーのDNA鑑定結果はどこにも残っていないわ。昨日の今日だというのにね」

「内通者がいたわけだ。誰だ？」

「恐らく、これよ。鑑識の一人が無断欠勤してるわ。ステファン・モンテアゴ。鑑定の責任者でケリーの血液を採取した本人よ」

「住所は？」

「ウィルキンソン通りB119」

市内の閑静な住宅街だ。ジャスミンは猛然と車を飛ばしたが、一歩遅かった。

ウィルキンソン通りは既に大騒ぎになっていた。

道路の一部が封鎖され、警官がうろうろしている。

物見高い住人たちが進入禁止の境界線のところで、たむろしていた。

ある者は興味津々《しんしん》の様子で、ある者は不安そうな面持ちで、忙しく働く警官たちを見つめている。

何か焼け焦《こ》げたような異様な臭《にお》いが周囲に濃厚に漂っている。

ジャスミンは見物人の後ろから近づき、何気ない素振りで声を掛けた。

「どうしたんです？」

「爆発だよ。家が一軒、吹っ飛んだらしい」

「それは物騒だ。いつのことです？」

「ほんの二十分くらい前さ。いやもう、ものすごい音だったよ。うちはこの一本向こうの通りなんだが、家が振動で揺れたくらいだ」

「ほう？」

境界線を突破しようとしたジャスミンは、警官の中に知った顔を認めて、笑顔で話しかけた。

「やあ、ウェスト刑事」

ウェスト刑事が『ぎゃっ！』と警察官らしからぬ悲鳴を上げたとしても、この際、誰も責められない。

慌《あわ》てて逃げようとした刑事だったが、その時にはジャスミンは無造作に境界線を乗り越え、にっこり笑って尋ねていた。

「この騒ぎはいったい何事かな？」

「……み、民間人には教えられません」

「冷たいな。刑事とわたしの仲だろう？」

どんな仲だというのか、ジャスミンは刑事の首にがしっと腕を絡めて引き寄せている。

刑事の両手はしっかりと前を防護《ガード》しているので、結局ジャスミンのなすがままである。

ジャスミンのほうが背が高いので、引き寄せるとウェスト刑事はジャスミンの豊かな胸に顔を埋める格好になってしまい、ますます焦《あせ》っている。

「爆発したのはモンテアゴの自宅か？」

「そ、それは……」

しどろもどろのウェスト刑事に代わって、上司のベインズ警部が苦い顔で割って入ってきた。

「ミズ・クーア。部下を放してください」

腕を緩めて刑事を逃がしてやると、ジャスミンはベインズ警部に問いかけた。

「モンテアゴは死んだのか？」

「頭に五発、弾をぶち込まれた上に焼かれたんでは、普通は生きてはいられんでしょうな」

部外者に情報を話すのは禁じられているはずだが、警部の口調は世間話でもするようだった。

ケリーの血液を採取した翌日にこの事態である。

口にはしなかったが、ケリーの一件とこの事件は何らかの関係があると警部は思っているのだろう。

「殺害と爆破は同時刻か？」

「いいえ」

ベインズ警部は疲れたように肩をすくめた。

「家が吹っ飛んだ時には奴《やっこ》さんは死んでましたよ。昨夜のうちに仏《ほとけ》にされていたらしい」

「その黒こげ死体は確かにモンテアゴか？」

「DNA鑑定はまだですが、うちの監察医は職員の健康診断も担当してるんでね。歯形で確認しました。モンテアゴに間違いないと言ってます」

「殺人事件だな」

「そういうことになります」

「頭を潰されているということは、シェーカーにも掛けられない」

「おっしゃる通りです」

脳組織が無傷ならブレイン・シェーカーに掛けて記憶の割り出しができる。

被害者が殺される寸前に見た映像が映るのだから、犯人の手がかりも摑《つか》める。

だが、今回はその手段は使えない。

ベインズ警部は頭を掻《か》きながらぼやいている。

「五発もぶち込んで殺しておきながら、起爆装置を仕掛けて家ごと吹っ飛ばすとは、何とも念の入った真似をしたもんだ……」

「おかげで証拠は何も残ってない。最初から確実にモンテアゴを片づけるのが目的だったんだろうな」

「どうもそういうことらしいですな」

とぼけて頷きながらも、警部の眼光は鋭い。

「あなたはこうなることを予測していたようですが、なぜですかな？」

「予測できるはずがないだろう。わたしは超常能力者ではないんだ。現にみすみす殺人を許した」

「では、何故ここに？」

「バトラー管理官にも話してきたが、夫が戻らない。昨日から行方不明だ」

これは警部も初耳だったらしい。

意外そうな顔をしながらも、ことさら笑い飛ばす調子で言った。

「しかし、一晩戻らないだけじゃあ、こんなことは言いたくありませんが、ご主人は奥さんにはあまり知られたくないところにいるのかもしれんですよ」

「美しい女性たちが揃っているようなところにか？それなら夫はわたしに話して行くだろうよ」

断言して、ジャスミンは警部に背を向けた。

警部からは見えなかったが、ジャスミンの表情は真剣そのものだった。

車に乗り込むと、それを待ちかまえていたように、ダイアナが車内の通信機で話しかけてきた。

「ジャスミン。わたしからもあの天使さんにお願いすることを勧めるわ。ケリーの居場所を突き止めるためには、それが一番確実な方法よ」

車を発進させながらジャスミンは深い息を吐いた。

「あの天使には借りばかり増えているんだ。少しは減らしたいところだが……」

「それは考えても仕方がないわ。そのうちまとめて返せばいいわよ」

「そうだな。あの男を取り戻してから考えよう」

ダンが言うように自分たちは後手に回っている。

この敵はダンの素性もケリーが戻ってきたことも知っていると思って間違いない。しかも、利用したモンテアゴをすぐに消すという周到さだ。

急がねばならなかった。

ジャスミンは車を飛ばしてサンデナンに戻った。

サフノスク校へ行って尋ねると、ルウは討論会の真っ最中ということだった。さすがに授業の邪魔をするのは憚《はばか》られたので、廊下で、講義が終わるのをおとなしく待った。

教室を出てきた黒い天使はジャスミンを見ると、にっこり笑った。邪気のない笑顔だった。

さすがに申し訳なくて、ジャスミンは神妙に頭を下げたのである。

「忙しいのに、たびたびすまない」

詳しい事情は言わずに、あの男の居場所を占ってほしいと頼むと、ルウは不思議そうな顔になった。

「どこにいるかわからないの？」

「ああ、あの男、どうやらわたしにもダイアナにも秘密の恋人ができたようでな。昨日から連絡がない。怒鳴り込んでやりたいので突き止めてくれないか」

ルウは笑って頷いた。

「何だか彼に怒られそうだけど――いいよ」

この人は本当にどんな面倒なことを持ちかけても、いやな顔一つしない。

休憩所の椅子に座り、器用に手札を操って、裏を上にして机に並べていった。

ところがだ。

並べ終わった札を一枚めくり、二枚目をめくり、三枚目をめくったところで、ルウの手が止まった。

三枚の札をまじまじと眺めて、首を振った。

「ごめん。占えない」

「ルウ?」

「キングが今どういう状況にあるか知らないけど、これ、余計なことはしないほうがいいみたいだ」

その言葉どおり、三枚だけを残して、残った札を手早くかき回してわからなくしてしまった。

ジャスミンは驚いて尋ねたのである。

「どういうことだ?」

「下手にでしゃばって首を突っ込むと彼に怒られる。そういう意味だよ」

絵柄が明らかになった札を示してルウが言うには、二枚目の札は『王者』を、三枚目の札は『禁忌』を、それぞれ表すものだという。

「どう解釈するかが問題だけど、この場合の意味は――『逆鱗《げきりん》に触れる』だろうね」

ルウは傍目《はため》にも硬い顔で、絵柄が明らかになった札に慎重に指を伸ばした。

「彼は怒っている。理由はわからないけど、とても怒っている。さわった感じが普通じゃない」

「そんなことまで占いでわかるのか?」

「ううん。こんなことは珍しいよ。ここまで怒りが伝わってくる気がするもの。とてもじゃないけど、女の人と逢瀬《おうせ》を楽しんでいる雰囲気じゃないよ」

「当然だな」

隠したところでやはり無駄だったかと思いながら、《ピグマリオンII》の事故のことを話すと、ルウは何度か瞬《また》きして首を振った。

「それは違うと思う。キングを捕まえるための餌にダンが使われたのは間違いないとしても、それとは違う。この場合の禁忌は別の何かだよ」

「何故そう思う?」

「最初の札。これは『過去』を意味するものなんだ。家族とか息子のことを過去とは言わないでしょう。血の絆《きずな》とか、そんな札が出るはずだよ」

「過去？」

ジャスミンは首を捻《ひね》った。

「現在に対する過ぎ去った時という意味か？」

「単に時間の流れのことを言ってるんじゃないよ」

豪快な感想にルウは苦笑している。

「この場合は『前歴』と解釈するんだよ。キングの生まれや経歴、そこに関わっている禁忌だ。それが何なのかはわからないけど、他人は決して触れてはいけないものだ」

ジャスミンの顔色が変わった。

この女王にはまったく珍しいことにぎくりとして、息を呑んだ。

ルウはそんなジャスミンの顔を見ようとはせずに、絵札を手に淡々と言葉を綴《つづ》った。

「ぼくが初めてキングに会った時、彼はもうクーア財閥の総帥で、四十代の立派な大人だった。総帥になってからのあの人の人生にこれほどの怒りを駆り立てる出来事があったとは思えないから、必然的にクーアの総帥になる前、ジャスミンと結婚する前のあの人の過去に関わる最大の禁忌ということになる。ぼくはあの人の出生も履歴も知らないけど、そこに何かがあるんだ。――他人は絶対に立ち入ることのできない、彼自身も立ち入ることを許さない何かが。――ジャスミンならそれを知ってるんじゃない？」

ジャスミンは答えなかった。

ただ、茫然と三枚の絵札を見つめていた。

そんなジャスミンを励ますように、ルウは力強く言ったのである。

「少なくとも、彼は無事だよ。ちゃんと生きている。心配なのはわかるけど、今はじっとして、キングのほうから連絡してくるのを待ったほうがいいと思う。あの人があなたやダイアナを最後まで除け者にするはずがないから、そのうちきっと連絡してくるよ」

「ありがとう、天使」

硬い声でジャスミンは言い、席を立った。

校舎から出るまで一言も口をきかなかった。

ダイアナはジャスミンの腕の通信機を通して話を聞いていたはずだが、話しかけて来ることはなく、車の通信画面に顔を映して待っていた。

「あの男の過去に関する最大の禁忌だと……」

運転席にどさりと身体を投げ出したジャスミンは呻くように言った。

「そんなものの心当たりは一つしかないぞ」

「ええ」

ダイアナも強《こわ》ばった顔で頷いた。

「そのとおりよ。心当たりは一つだけだわ」

「だが、何故だ？　何故今さらそれが問題になる？　とっくの昔に終わった話だろうが！」

昔から彼を知っている女性二人は沈鬱《ちんうつ》な面持ちで黙り込んだ。確かにそれは——それだけは触れてはならないことだった。


「天使さんがあのまま占いを続けたらわかったかもしれないけど……」

ダイアナが小さなため息を吐いて言う。

「あの人の言うとおりよ。それが本当ならケリーはわたしたちにも手出しを許さないでしょうね」

ジャスミンは首を振った。

「そんなはずはない。あの男は拉致されたんだぞ。今こそおまえの助けが必要なはずだ。たった一人で自由の効かない状態で何ができる？」

「わかってるわ。ただ、天使さんも言ったでしょう。わたしたちのほうから首を突っ込むのは禁忌《タブー》だって。ケリーが無事だって天使さんが言ってくれただけで、わたしは充分よ。もう少し待ったほうがいいわ」

思わず唸ったジャスミンだった。

こんな時に何もできない自分が歯がゆかった。

その気持ちは機械のダイアナも同様だったらしく、自分に言い聞かせるようにきっぱりと言った。

「心配しなくてもケリーは船乗りで、あなたの夫よ。

わたしたちが必要になったら、きっとそう言うわ」

「そうだな……」

ジャスミンは厳しい表情で頷いたが、ただじっと待つのなど自分の趣味ではない。

「とりあえず、わたしも自分にできることをやるぞ。息子を人質に使われたままでおくものか。こそこそ姿を隠して息子の船を撃った不埒者《ふらちもの》を突き止める。そこから手がかりが得られるはずだ」

「賛成」

ダイアナも力強く頷いた。

「そんじょそこらにある機体じゃありませんからね。まずは連邦軍から当たってみましょう」

「待った！」

突然大きな声を上げたジャスミンだった。

その顔は驚きを張りつけて空中を凝視していたが、不意にダイアナに眼を移して尋ねた。

「敵はダニエルを餌に使ってまであの男を確保した。そこまでしてあの男を欲しがった理由は何だ？」

「ケリーが五年前に死んだクーア財閥総帥本人だとわかったからでしょう」

「だとしたらその目的は？」

ダイアナもジャスミンの言いたいことを理解して真剣な顔で頷いた。

「身代金ではない。財閥総帥の記憶とも考えにくい。——狙いは恐らく死者の蘇生法《そせいほう》ね？」

「そうだ。どこから洩れたかわからないが、それに間違いない。だとしたら、ルウが危ない」

クーア財閥総帥が戻ったことを知っているのなら、それがあの天使の起こした奇跡だということも耳にしているはずだからだ。

「あの人に危険を警告する？」

ジャスミンは舌打ちして、赤い髪を振った。

「しても無駄だ。あの天使は自分のことに関しては妙に無関心というか、抜けているからな。知らない人間に一緒に来いと言われても『いいよ』と頷いてほいほいついていく気がするぞ」

ジャスミンもかなり、あの相手のことがわかってきたらしい。

通信画面のダイアナも苦笑している。

「否定できないわね」

アイクライン校までの道筋を位置表示させながらジャスミンは断定的に言った。

「忠告するなら間違いなくリィのほうだ。おまえも念のためにルウの身辺に眼を光らせてくれ」

「了解」

ダイアナは連邦大学惑星の軌道上から、さっそくサフノスク校の警備装置に侵入した。

ルウの居場所を示す学生証の信号を捕捉して常に探知できる状態にしながら忌々《いまいま》しげに言った。

「どこの誰だか知らないけど……やっていいこととといけないことの違いくらい理解してもらいたいわ。自分の命を粗末にするのはその誰かの勝手だけど、共和宇宙まで巻き添えにされるのは迷惑よ」

「まったくだ。迷惑以前の問題だ」


ジャスミンが冷静に言って車を発進させる。

轟音とともに走り去った真っ赤なスポーツカーを、道行く学生たちは呆気にとられて見送った。

5

ケリーは妙な形のヘルメットを被せられていた。

鼻の上まですっぽり覆《おお》うもので、何も見えないし、何も聞こえない。

右眼を使おうとしても外の情報が入ってこない。

どうやら、このヘルメットは義眼の機能を完全に封じる効果があるらしい。

この状態では恐らくダイアナもケリーの居場所を摑《つか》めないはずだった。

あの後、あの部屋で、ケリーは身体検査をされて、武器や通信機を取り上げられ、その後、自動で動く椅子に座らされ、両手両足を椅子に固定された。

その上で、このヘルメットを被せられたのだ。

この状態では自分の周りで何が起きているのかも摑めないが、ケリーはいっさい抵抗しなかった。

やがて椅子が動き出して部屋の外に出る。建物も出て椅子ごと車に乗せられたのがわかった。

視覚と聴覚を封じられていても、嗅覚《きゅうかく》や体感まで奪われたわけではない。身体に感じる僅《わず》かな振動や匂いで、ケリーは状況を把握《はあく》しようとしていた。

一瞬、頰《ほお》に外の風を感じた後、また建物に入る。

椅子の動きはなめらかで、衝撃らしい衝撃は何も感じなかったが、何度か昇降機を使ったのは確かだ。

さらに身体が浮き上がるような感覚を覚える。

その後、ケリーの鼻は慣れた匂いを感じ取った。

宇宙船内の匂いである。

やはりなと思った。

連邦大学惑星というお堅い星の地上では、あまり派手なことはできない。自分たちの領域まで連れていくつもりなのだ。

あらかじめ出航準備をしていたのだろう。船室の匂いを感じると、ほとんど時を置かずに離陸した。

相変わらず眼も耳も利かないが、ケリーは熟練の船乗りである。頭の中で手順を反芻《はんすう》していた。

跳躍したなと思った後、ヘルメットが外された。思った通り、そこは宇宙船の船室だった。

窓はない。寝台が一つ、備え付けのバス・トイレ。それだけの部屋だが、寝台が少し変わっている。

両側に大きな手すりがあり、脈拍や呼吸数などの生命兆候《バイタルサイン》が計れるようになっている。

主に病院で使われる寝台だ。

室内も病院船のような感じだった。

ケリーの傍にいたのは介護用の自動機械だけで、人の姿は見えない。

ここで椅子から解放され、ひとまず室内は自由に歩けるようになったが、やはり右眼が働かない。

この部屋は完全に電波遮断《しゃだん》されている。

入口にはもちろん電子錠が掛かってる。

敵の正体と目的を確かめるまではじたばたしても仕方がない。くつろぐことにした。

途中で一度、食事が出た。

その時も人間は姿を見せなかった。扉の一部が自動で開いて、盆《ぼん》に載った食事が差し出されたのだ。

ケリーはここまで来て毒を心配するようなことはしなかった。素直に手をつけた。

療養向けの献立《こんだて》のようだが、味は悪くない。

食事が済むと、ほとんど寝台に寝転がっていた。

この部屋には時計もない。

どのくらい時間が経ったかもわからなかったが、再び空腹を感じ始めた頃、船は二度目の跳躍をした。

操縦者の腕と船の性能で跳躍距離には大幅に差が出るが、この船が病院船だとすると、あまり大胆な跳躍はできない。

二度跳んでも二百光年未満がいいところだろう。

さらにもう一度跳んだ後、ずっと黙っていた自動機械が初めて言葉を発した。

「椅子にお座りください」

ケリーは逆らわなかった。おとなしく椅子に座り、入ってきた時のように身体を固定された。

ヘルメットを被せられて、また眼と耳が利かない状態になる。

椅子が動き出したのは着陸の衝撃を感じた後だ。

室内を出て、船内をすべるように動いていったが、送迎艇を使ったとは思えない。

かといって船が地上に降りた感触もなかったので、宇宙空間につくられた施設だろう。

椅子はかなり長い距離をゆるやかに走り、何度か昇降機を使った後、ようやく止まった。

ヘルメットが外される。

そこは何もない部屋だった。

船室と同じように介護用の自動機械がいるだけで、人間の姿は見あたらない。

自動機械がゆったりしたガウンのような検査用の衣服を差し出してきた。

「身体検査を致しますので、お着替えください」

ケリーは天井を見上げてみた。

案の定、そこには何かの噴出口が見える。

抵抗したら麻酔ガスで眠らせようというのだろう。

ケリーにはもとよりそのつもりはなかったので、至って素直に着替えた。

「こちらへどうぞ」

廊下へ出ると、左右に検査室が並んでいた。

身長体重、脈拍数や血圧に始まって、血液の採取、さらには内臓を映像化する機械に通される。

最後に、脳の状態を調べる筒状の機械に上半身を挿入された状態で、機械の声が話しかけてきた。

「聞こえたら返事をしてください」

「はいよ」

「あなたのお名前は？」

「ケリー・クーア」

「生年月日は？」

「九六一年九月二十三日」

「出身惑星は？」

「バルビス」

嘘《うそ》八百の経歴だが、ケリーはすらすら答えていた。

この辺はダイアナやジャスミンと前もって決めてあったことである。

この機械は脳の反応を見て事実を言っているのか嘘を言っているのか判断するためのものだ。

いわば嘘発見器である。

検査が終わると、ケリーは自動機械に案内されて、広々とした部屋に通された。

さっきの無味乾燥な景色と違って、壁の装飾も、置いてある調度品も、ちょっとしたホテルのような豪華な造りの部屋だった。

窓の外には星の輝く宇宙空間が見える。

「ただ今、お食事をお持ちします」

出された食事をきれいに平らげて、風呂に入った。

風呂場に用意されていたバスローブを引っかけて、窓の外の宇宙に見入る。

さすがにこの景色だけでは、この場所がどこかは特定できない。

着るものだけは少々不自由だが、ケリーは至って落ちついていた。

相手が何者であれ、自分に用があって、ここまで手の込んだ真似をして連れてきたのである。

必ず向こうから姿を見せるはずだった。

その時が来たのは部屋に案内されてから数時間が過ぎた頃だった。

壁の一面がいきなり左右に開き始めたのだ。

向こう側はこちらよりも明るく、眩《まぶ》しいくらいだ。

近づいてみると、壁が開いたと思ったところにはもう一枚、透明な壁が張り巡らされていた。

強化硝子《ガラス》のようだった。

依然として光が眩しく、ケリーは眼を細めたが、そこに誰かがいるのはわかった。

フレッチャーでもマードックでもない。

さっきまでのケリーのように、自動で動く椅子に座っている。だがそれは、捕虜の身であるからでも、検査のためでもない。

自力では歩けないほど足腰が衰えているせいだ。

眩しい照明が抑えられてよくよく見ると、やはり、相当な高齢の老人だった。

頭髪はすっかり禿《は》げあがり、身体も矮小《わいしょう》である。

皺《しわ》だらけの手が椅子の肘《ひじ》掛けを摑んでいる。

だが、眼だけは強烈な光を帯びて、不自由な身を乗り出すようにして、ケリーを見つめていた。

異様な眼差しだった。

ほとんど狂信的と言っていいような眼の光であり、涎《よだれ》をたらさんばかりの恍惚《こうこつ》とした表情なのだ。

「すばらしい……。実に、実にすばらしい」

硝子越しに、老人の呟《つぶや》きがはっきり聞こえる。

ケリーはぶっきらぼうに言った。

「ここはどこだい？」

「わしの館じゃよ」

「あんたは誰だ？」

「そういうおまえこそ、誰じゃ？」

老人は異様な目つきのまま、にたりと笑った。

「クーア財閥総帥ケリー・クーアは五年前に死んだ。その死体は再生不能段階に至るまで焼却され、宇宙空間に流された。——では、おまえは何者じゃ？」

「ただの船乗りさ」

「ほう、ほう……」

「あんたは誰だい？」

「わしの名はゾーン・ストリンガー。一介の船乗り風情には心当たりのない名じゃろうがの。クーアの総帥なら耳にしたことくらいはあるはずじゃ」

確かに、その名前をケリーは聞いたことがあった。

他ならぬアルトラヴェガ医療財団の創始者の名だ。

アルトラヴェガ社はケリーが総帥になった頃から急激に成長した会社である。

その頃から創始者の彼は変わり者で通っていた。

極端な人嫌いで、財界の集まりはおろか、社員の前にも顔を出さない。経営は通信で指示していたが、会社が成長するに従ってその経営もほとんど部下に任せるようになり、自身は筆頭株主として、莫大《ばくだい》な財産とともに隠遁《いんとん》生活を送っているという噂だった。

三十五年間、共和宇宙経済の頂点にいたケリーも一度も会ったことはない。

ストリンガーは椅子を動かして進み、強化硝子に顔をつけんばかりにして、ケリーを見つめていた。

湯を浴びて黒々と濡《ぬ》れた髪、目鼻立ちの整った顔、さらにはバスローブの合わせ目から覗《のぞ》くなめし革を張りつめたような肌に並々ならぬ熱い視線を注《そそ》いで、うっとりと呟いた。

「まったくもってすばらしい。実に、実に美しい」

ケリーは顔をしかめた。

自分の容姿について言われているのはわかるが、それだけに気味が悪い。

「じいさんに言われても嬉しかねえな」

「かく言うおまえも立派なじじいのはずじゃろう。クーアの総帥は五年前、七十二で死んだ。それでは今のおまえは七十七歳ということになる」

ケリーは冷たく笑った。

「老眼が過ぎるぜ。俺がそんな歳に見えるかい？」

「見えん。いかに眼を凝らしてもな。だからこそ、不思議でならん。――おまえはいったいその身体をどうやって手に入れた？」

老人の口調が恫喝《どうかつ》するようなものに変わる。

身柄《みがら》を押さえてある以上、生かすも殺すも思いのままだとでも言いたいのだろうが、ケリーは平然と言い返した。

「老眼に加えて頭のほうも大分いかれてるらしいな。俺がクーアの総帥だと思い込んでる」

「その点に関しては実は半信半疑でのう」

ストリンガーはにんまりと不気味に笑った。

「主席もその顧問も頭から信じ込んでいると言うが、生前のケリー・クーアのＤＮＡが手に入らんかった。これでは話にならん。科学的な根拠がないのだから、そんな与太話を信じるわけにはいかん」

ケリーも不敵に笑い返した。

「ぼけてるわけじゃないらしいな。だったら、なぜ俺をこんなところに連れてきた？」

「おまえが誰なのか、何故そんな姿をしているのか、本人に聞くのが一番手っ取り早いでな」

「俺はただの船乗りだと言ったぜ」

「じゃが、おまえはとうに死んだ人間のはずじゃ。しかも二度死んでおる」

ストリンガーは一人でぶつぶつ呟き始めた。

「どうにも、わからん。まったくもってわからん。クーア財閥総帥が生きて戻ってきた——しかも若い姿になって戻ったと聞いたのはいつだったかな——不老不死の命を手に入れるのは人類の永遠の夢じゃ。見果てぬ夢とされてきたが、あのクーア財閥ならば財力と科学力にものを言わせて奇跡を起こせるかもしれん。もし奴らが本当にそれを可能にしたのなら、何としても確かめねばならんからの。そのためにはまず、おまえのＤＮＡを採取せねばならんかったが、いやはや、存外苦労させられたわ」

ケリーは険《けわ》しい眼で老人を睨《にら》みつけた。

「そのために女を襲ったのか？」

老人は軽く笑い飛ばした。

「なんじゃ。気にしておるのか？　そんな気遣いは必要ないわ。あれは四十の中年女で生娘《きむすめ》でもない。それどころか前にも男に襲われたことがある女じゃ。一度犯されてしまえば二度も三度も変わらんよ」

ケリーは初めて相手に対する敵意を露《あら》わにすると、吐き捨てるように言った。

「おまえは運がいい。ここにいるのが俺じゃなくて女房だったら、まず楽には死ねないところだぜ」

「それじゃ。おまえが死なんだのは、その女房がかくまったからか？」

老人はますます眼を輝かせて身を乗り出したが、ケリーには言葉の意味が理解できなかった。

無視して自分の疑問をぶつけた。

「なぜ《ピグマリオンⅡ》に眼をつけた？」

「この館にはわしの手飼の人間が大勢働いておる。その中にはかつてのダニエル・クーアと席を並べて勉強しておったものもおるんじゃ」

「そいつの名前は？」

ストリンガーは歯の抜けた口で笑い声を立てた。

「それを聞いてどうする？　おまえはそこから一生出られんというのに」

この老人は鳥を捕まえて鳥籠《とりかご》に入れたと安心して、これだけぺらぺらと機嫌良くしゃべっているのだ。

「わしにとってもまったく意外なことじゃったよ。まさか今になって、こんな場所で、かつての製品に出くわすことになろうとはな」

ケリーは無表情を装ってはいたが、注意深く耳を傾けていた。

今はなるべく多くの情報が欲しい時である。

この老人が調子に乗ってしゃべっているのなら、好きなだけしゃべらせてやるつもりだった。

「生前のケリー・クーアのＤＮＡと照合することはかなわなかったが、その代わり、おまえのＤＮＡは思いもよらなんだものと合致した。まさに予想すらしていなかったものとだ」

「…………」

「正直なところ、照合用の情報脳にその記録を登録したことすら忘れておったよ。単なる記念品として保存を掛けてあっただけでな。まさかこんなことが起きるとは……いやはや、長生きはするもんじゃ」

ストリンガーは感慨深げに頷《うなず》き、気味の悪い眼でケリーを見つめて言った。

「おまえはとうに死んだ人間じゃ。そうじゃろう？　製造番号Ｋ７６５３」

「…………」

「おまえたちの製造番号はそのまま認識番号として使われていたんじゃ。覚えているはずじゃぞ」

「…………」

「それとも、ケリー・エヴァンス三等軍曹と言えばさすがに思い出すかな？」

顔を強《こわ》ばらせて答えようとしないケリーを見て、老人は楽しげに笑った。

「何故こんなことを知っているのか、不思議かな？　西ウィノア人民共和国はわしの生まれ故郷じゃよ」

「………」

「しかし、どうしてもわからん。西ウィノア特殊軍兵士は一人残らず処分されたはずじゃ――毒ガスで。わしのつくった毒ガスでな」

最後の言葉を老人はことさらゆっくりと言った。

「当時、わしは軍研究所の所員じゃった。特殊軍の処分が決まって、東とも協議したが、奴らは食事に毒を混入すると主張した。わしは反対したんじゃ。それでは死ぬまでの時間がまちまちになるからな。毒ガスを使おうと言ったら、奴らは鼻で笑いおった。五万人の西ウィノア特殊軍を瞬時に殺して、しかも即座に効果の消え失せるような毒ガスを屋外で使用することは不可能だとな。愚《おろ》か者めが。その結果、東ウィノア千年帝国は五万人の死体を処分するのに、人民共和国の倍の時間が掛かったはずじゃ」

ケリーは口を開くことを忘れていた。


あの日、あの最後の日――右眼を失った朝。

一つ残った左眼で何を見たか――見せられたか。

宿舎の至るところに仲間たちが倒れていた。

好きだった女は自分の腕の中で息を引き取った。

赤い大地は夕陽に染まり、それ以上に同じ軍服を着た仲間たちの血で真っ赤に濡れていた。

山積みに積み上げられた仲間たちの死体は単なる廃棄物としてまとめて穴に投げ込まれ、その上から容赦なく土砂を流し込まれて埋められた。

左眼の視界までが真っ赤に染まって見えた。

その血の色は眼の奥に焼きつき、なかなか消えてくれなかった。

あの時からずいぶん長い間、赤く染まった視界の中で生きていた気がする。

「記録によれば、製造番号K７６５３は九一四年の生産となっておる。生きておればやはり七十七歳になるが、特殊軍兵士は東西両軍含めて、九三六年に一人残らず処分されたはずじゃ」

そうだ——六十五年も前の話だ。何年過ぎようと決して忘れることはできない記憶だ。

得意そうにしゃべり続ける老人の顔を、ケリーはまったく感情の籠《こ》もらない眼で見つめていた。

静かな声で訊いた。

「おまえの歳は？」

「わしか？　わしは今年で八十八歳じゃよ」

するとあの事件があった時は二十三歳。

軍研究所で働いていてもおかしくない年齢だが、わからないのは何故こんなものが残っていたかだ。

あの時、自分なりに始末はつけたつもりだった。

特殊軍の解散を決定した連邦の役人、ウィノアの政治家、毒ガスを散布した正規軍の人間に至るまで知る限りの責任者は片づけたはずだが、この老人は自分があの毒ガスをつくったという。

さすがにしゃべり疲れたのか、老人は少し離れて、椅子の手すりにあるスイッチを押した。

ケリーの眼の前の強化硝子が表示画面に変化して、十三、四歳くらいの少年の顔が映し出された。

誰が見ても美少年だと言うに違いない顔だった。

くっきりした琥珀《こはく》の眼に、黒とも紫ともつかない暗い色の髪をしている。

誰の顔なのか、ケリーには無論一目でわかったが、こんな写真が残っているとは思わなかった。

「特殊軍兵士の健康診断もわしらの仕事じゃった。すっかり忘れておったが、その資料も残っていての。これがK７６５３の最後の顔写真というわけじゃ」

「……………」

「この顔を生理的指標に従って成長させてみると、まさにおまえの顔に重なる。何より一卵性双生児を別としてＤＮＡの塩基配列が完全に一致することは論理的にありえない。つまりは、おまえが製造番号K７６５３であることは間違いないと言っていいが、唯一、年齢だけが合致しない」

表示画面が消え、再び元の強化硝子に戻った。

ストリンガーの眼はますます狂的な光を帯びて、

なめまわすようにケリーを見つめている。

「まったくすばらしい。現在七十七歳の人間をその若さに留めているのじゃからな」

ケリーは素っ気なく言い返した。

「その証拠は?」

「さよう。それが問題じゃ。何らかの手段で老化を食い止めたのなら、もしくは一度塵《ちり》に帰した肉体を年齢を遡《さかのぼ》らせて蘇生《そせい》させたというのなら、恐らく後者じゃとわしは確信しているが、おまえの身体は外見は若々しくとも、染色体及びＤＮＡには通常の人間との明確な差異が刻み込まれているはずじゃ。ところが、いかに探してみてもそれがない」

当たり前だ。天使が起こした奇跡である。そんな中途半端な真似をするはずがない。

「おまえの身体は健康な成人男性そのものであり、異常らしい異常は何一つ見あたらないという。到底信じられぬことじゃ。人為的な手段で生み出された生物の細胞には必ず何らかの違いが記されている。無性生殖《クローニング》で生み出された命が調べればすぐにそれとわかるようにだ」

「………」

「若い頃の身体を無性生殖培養し、数十年保存して本来の身体から脳だけを自家移植しても、脳細胞の衰えだけは免れない。じゃが、おまえの脳にそんな兆候はないという」

結論を出すにはまだ早すぎるが、少なくとも現代最高の医学をもってしても、これがつくられた命であるとは容易に看破できない。

老人はその事実に心の底から驚き、感嘆しているようだった。

車椅子を使っているのではなく自由に歩ける身体だったら、狂喜乱舞していたに違いなかった。

「おまえがクーア財閥総帥本人だという証拠だけはまだ摑めぬがな。こんな奇跡を起こせるのはクーアくらいだ。何より、おまえの女房のことがある」

強化硝子が再び表示画面に変化し、ジャスミンの

W
K7653

姿が映った。髪を流した現在のジャスミンだ。

明らかに隠し撮りである。

その隣に四十年前の――恐らく晩餐会《ばんさんかい》だろう――髪を結って正装したジャスミンが映し出される。

「ジャスミン・クーアと名乗るこの女の顔かたちは四十年前のジャスミン・クーアに完全に合致する。ただし、これも奇怪なことに、四十年前の写真より、今の顔のほうが若干若くなっているそうじゃがな。これもクーアの起こした奇跡だとしたら、おまえがクーア財閥総帥のケリー・クーアであることはほぼ確実と言っていい」

ここまで話すと、ストリンガーはほとんど満面の笑顔でケリーに向き直った。

「さてと、それでは聞かせてもらおうか。おまえはこんな奇跡をいかなる手段で可能にしたんじゃ？」

「知らねえな」

ケリーは面倒くさそうに言い返した。

本当に知らないのだ。そうとしか言いようがない。

が、ストリンガーがそれを信じなかったのも当然すぎるくらい当然のことだった。

捕らえた獲物を弄《もてあそ》ぶ目つきで、楽しげに言った。

「おまえの身体を解剖して調べれば済むことじゃが、なるべくなら生かしておきたいのでな。どうしても言わぬというのならそれもよい。女房を連れてきて、おまえの眼の前で男どもに嬲《なぶ》らせてやるまでじゃ」

はたして嬲られることになるのはどちらなのか。

連れてきてくれれば脱出する手間が省けて大いに助かるが、ケリーはそうは言わなかった。

首を傾《かし》げて考えた。

正確には考えるふりをしていた。

煮えたぎる溶岩のように、腹の奥底から尽きない怒りが湧き上がってくる。

本当に身体が燃え上がっている気がした。

対照的に、頭の中は異様なくらい冷め切っている。

確かめなければならないことがいくつもあった。

ここがどこなのか。

どの程度の規模の施設なのか。

《ピグマリオンII》を撃ったのは何者なのか。

その誰かはストリンガーとはどういうつながりで、どこまで知っているのか。

アルトラヴェガ医療財団は文字どおり医療や製薬中心の企業である。宇宙船を攻撃するのは専門外だ。

自分一人で調べ出すには少々手に余る。

どうやって船《ダイアナ》を呼び寄せるかと考えていると、ストリンガーがため息を吐いた。

「おまえの遺体――財閥総帥の遺体が残っておれば何よりの手がかりになったものを。標本すら残っておらぬのとはのう。残念でならぬわ」

この言葉がヒントになった。

ケリーは静かに言っていた。

「遺体があればいいのか？」

「なに？」

意外な言葉にストリンガーは眼を見張った。

「残っておるのか。どこじゃ？　どこにある！」

顔色を変えて身を乗り出したストリンガーを見て、ケリーは皮肉に笑ってみせた。

「あいにく、自分の死体なんぞに興味はねえよ」

嘲《あざけ》るような眼でこちらを見下ろすケリーの態度に、ストリンガーは露骨《ろこつ》に不機嫌な顔になった。

「自分の置かれた立場がわかっておらぬようじゃの。若造めが。少し痛い眼に遭わせてやろうか」

「慌《あわ》てるなよ。じいさん。俺は本当に知らないからそう言ったまでだぜ。だったら、確実に知っている奴に聞いてみたらどうだい」

老人は今度こそ落ちくぼんだ眼を見開いた。

「誰が知っているというのだ？」

「一度死んで戻ったのは俺だけじゃないってことさ。他に二人いるぜ。――連邦大学にな」

6

ダイアナの調査は正確かつ迅速《じんそく》だった。

真っ赤なスポーツカーがアイクライン校の校門に着く頃にはダンの友人たちの身辺調査を終えていた。

「今のところ怪しい人物はいないわ。みんな普通の社会人よ。さすがに連邦大学を出ているだけあって、かなり高水準の暮らしをしているわね」

「軍人も軍関係者もいないとダニエルは言ったが、政府関係者は？」

「連邦議員のジョナサン・ローレンス一人だけね。だけど軍事は彼の専門外よ」

それでは隠匿《いんとく》性能を持つ最新鋭機に出撃命令など出せるわけがない。

「他の四人はみんな事業のほうで成功した人たちね。念のため、この五人の縁戚関係も調べてみたけれど、該当者はなし」

残るは純然たる人脈——つまりは人間関係だが、それは履歴書《りれきしょ》には記載されない部分である。

ダイアナにとってはもっとも不得手な分野だ。

やはり連邦側から手をつけるべきかもしれない。

ジャスミンが難しい顔で考えていると、校門からリィが出てきた。今日はシェラも一緒である。

「手芸部の手伝いは終わったのか？」

ジャスミンが尋ねるとシェラはにっこり微笑んだ。

「はい。おかげさまで」

この少年はリィとは別の意味で子どもらしからぬ言葉遣いでしゃべる。だがそれがこの少年の上品な姿形にしっくり馴染んでいるからおもしろい。

リィは自分が頼んだことをジャスミンが知らせに来たと思ったようで、困ったように笑っていた。

「わざわざ来てくれなくてもよかったのに」

「それが、少々厄介《やっかい》なことになってな」

どこか静かなところでゆっくり話したいと言うと、リィはすぐに提案してきた。

「それなら、今度こそ、美味《おい》しいお茶をご馳走してくれるっていうのはどうだ？　シェラも一緒に」

もちろん異存はない。

二人を車に乗せてホテルに向かった。

ジャスミンが定宿にしているホテルは外国からの賓客《ひんきゃく》もよく利用するところだ。

家族向けではないから、この年頃の子どもの姿を見かけることは珍しい。

しかも、一人だけでも眼を見張るほど美しいのに、二人並んでいると、まさに金銀天使の降臨だ。

訓練された給仕係までが息を呑んでいる。

ジャスミン自身も眼を引く人だからなおさらだ。

母親とその子どもたちには見えないし、姉弟にはもっと見えない。

リィは甘いものには一切手をつけようとしないが、シェラはホテル自慢のお茶菓子を頼んだ。

その出来映えに感心することしきりで、自分でもつくってみようと頷《うなず》いている。

ある程度お腹がふくれたところで、ジャスミンはこれまでのことを手短に話した。

さすがにリィもシェラも眼を丸くした。

特にケリーが戻ってきたことと、ダンがケリーの息子だという秘密の両方を知られたらしいと聞いて、それこそ呆気《あっけ》にとられた様子だった。

「そんな話がいったいどこから洩《も》れたんだ？」

「知っているのはごく限られた人のはずでは？」

「わたしもそれが気になっている」

ジャスミンの表情もさすがに硬い。

「敵の狙いが死者の蘇生法《そせいほう》なら、次に狙われるのは間違いなくきみの相棒だ。本人に言っても無駄だと思うのでな。きみが気をつけていてくれるか？」

しかし、リィはここでも普通の少年とは言えない反応を示した。真顔で反論した。

「気をつけるどころか、それならいっそさらわれてもらったほうがいいんじゃないか？」

銀髪の少年まで真剣な顔で頷いた。

「同感です。そうすれば自動的にあの人のところに案内してもらえるはずです」

大胆な意見にジャスミンは苦笑した。

「だめだな。きみたちが強いのはよく知っているが、そんな迷惑は掛けられない」

「迷惑だなんて思ってないよ。おれもルーファも」

リィは力強く主張した。

「本当にそれがばれたのなら、おれたちにとっても他人事じゃない。一刻も早く何とかしないと……」

「物騒で仕方がないというのだろう。わかっている。わたしもまったく同意見だ」

「だったら……」

リィは理解しかねる顔だった。

ジャスミンはリィを抑えるように、ゆっくり首を振ってみせた。

「きみの気持ちはわかる。嬉しいとも思っている。だが、今のところはわたしに任せて欲しいんだ」

リィは何度か瞬《またた》きして、ジャスミンを見た。

ジャスミンもじっとリィの顔を見つめていた。

少年が保護者に叱られているような図に見えるが、どちらの顔も真剣だった。

リィは肩をすくめて言ったのである。

「わかった。邪魔はしない。それでいいか？」

「すまない……」

ジャスミンの口調も珍しく歯切れが悪かった。

他のことならこの天使たちの手を借りても、あの男は怒ったりしない。

むしろ喜んで共同戦線を張るだろう。

だが、この問題に関してだけは慎重にならざるを得なかった。

極端な話、ケリーの許可を得てからでなくては、ジャスミンの独断で計るわけにはいかないことだ。

「きみの相棒に、おとなしくさらわれたりしないでくれと言っておいてくれるか？」

リィは頷いたが、一言、釘を刺した。

「だけど、その誰かがおれのほうに向かってきたら、その時は独断で相手をするぞ」

「もちろん、おおいにやってくれ。わたしとしては殺さない程度に叩きのめした後で知らせてくれれば、非常にありがたい」

「それで、ジャスミンはどうする？」

「息子の船を撃った機を突き止める。数はそんなにないはずだからな」

顔には出さないようにしていたが、ジャスミンは実のところかなりの葛藤《かっとう》を感じていたのである。

「息子はそれこそ善良な一般市民なんだ。これ以上、巻き込むわけにはいかない」

「わかるよ」

リィは真顔で頷いた。

自分にとっての弱みも家族だから、ジャスミンの苦悩も焦《あせ》りもよく理解できる。

自分は見た目こそほんの子どもであるが、決して弱くはないつもりだ。

しかし、一人の力でできることには限度がある。離れて暮らす家族を守るほどの力はない。

ジャスミンもまさに同じことを感じていた。

命の恩人の少年をただ見送るしかなかった少女の頃とはもう違うのに、今の自分は非公式ながら共和宇宙経済の頂点に立ち、その気になれば連邦政府や連邦軍をも動かせる影響力を持っているのに、手も足も出せないとは情けない話だ。

むっつりと黙り込んでしまった大きな女王さまと、少し小さめの主人を気遣うように、シェラがそっと口を出した。

「ケリーさんがどこへ連れて行かれたかは、本当に見当がつかないんですか？」

「ああ。ダイアナにも掴《つか》めない。最後の手段としてあの天使を頼ってみたが、手がかりなしだ」

ジャスミンは苛《いら》立《だ》ち混じりに、しかし大胆不敵に笑ってみせた。

「わたしの得意は速攻で専守防衛は不得手なんだが、今は仕方がない。向こうの動きを待つしかない」

「それにしたって……ことがことだ。情報漏洩源《ろうえいげん》は限られるはずだぞ。主席を問い質《ただ》してみようか？」

大真面目に言う金の天使に、ジャスミンは思わず吹き出した。その笑いには多分に、今の連邦主席に対する同情も含まれていた。

「気持ちは嬉しいが、リィ。それもわたしの仕事だ。だいたい、きみくらいの年齢の少年はこんな陰謀《いんぼう》に関わったりしないものだぞ。ちゃんと学校へ行って勉強しなくてはいけない」

そこまで真面目に言い諭《さと》して、ジャスミンはふと微笑した。思い出し笑いのようだった。

見咎《みとが》めてリィが訊く。

「なに？」

「いや……。考えてみれば、わたしは一度も息子にこんなことを言ったことがないと思ってな」

「勉強しろとか、学校にいけとか？」

「ああ、宿題は済ませたのかとかな。普通の母親はそういうことを言うものなんだろう？」

リィも苦笑して首を傾《かし》げた。

「覚えている限り、マーガレットに言われたことはないよ。アーサーになら、耳にたこができるくらい言われたけど」

「それはな、お父上の当然の権利というものだ」

「じゃあ、ジャスミンもお父さんに言われた？」

話の流れからの何気ない発言だったのだろうが、ジャスミンは一瞬、答えに詰まった。

気をつけて言葉を選んだ。

「わたしは、きみたちくらいの年頃に学校に通ったことはないんだ。ずっと家庭教師に教わっていた」

振り返ってみれば、ジャスミン自身の少女時代も、お世辞にも普通とは言えないものだった。

少しでも寿命を延ばすための毎日の検査と治療。その合間を縫っての自宅での授業。

やってくる家庭教師は勉強を教えるというよりも、

友達のいないジャスミンの話し相手を勤める役割を任せられていたのではないかと思う。

　学ぶことに熱心だったのはジャスミンのほうで、教師たちはむしろそれを意外に思っていたからだ。

　父マックスは一度も娘に勉強しろなどとは言わなかった――そんなことは言えなかったのだ。

　ジャスミンが昔の記憶に気を取られたのはほんの一瞬のことだったのに、並はずれて勘のいいリィは、何か察したらしい。

　シェラを促《うなが》して笑顔で立ち上がった。

「お茶をごちそうさま。おいしかった。――ダンの代わりなのはちょっと残念だけど、帰って真面目に宿題をやることにするよ」

　ジャスミンも明るく言った。

「そうしてくれ。このことで成績が下がるようでは、お父上に顔向けができないからな」

　寮に戻ったリィは、さっそく相棒に連絡を取った。

　素直にさらわれたりするなという言葉を伝えると、端末画面のルウは苦笑した。

「あらら……先に言われちゃったか。いい考えだと思ったんだけどな」

「それで、ケリーは本当に無事なのか？」

　相棒の占い能力を誰より知っているリィである。

　当然のように尋ねると、即座に答えが帰ってきた。

「大丈夫。無事だよ。ただ居場所がわからないけど、彼なら必ず何かの手段で知らせてくるはずだ」

「それならいいけど、ジャスミンの様子が変なんだ。何だか、妙に沈んでいるみたいだったぞ」

「そりゃあ、旦那さんが正体不明の悪党に捕まって行方不明となれば、奥さんとしては心配でしょう」

「あれが普通の奥さんならな」

　至って率直な感想を述べたリィだった。

　そう、ジャスミンは間違っても、夫の身を案じて泣き崩れたり取り乱したりする人ではない。

　そんな暇があったらどんな手段を使ってでも夫の

居場所を探し出し、愛機を駆って飛び出す人だ。

そのジャスミンが今はじっとしているしかないと思いつめているのが気に掛かった。

「居場所がわからないなんてルーファらしくもない。どうかしたのか？」

「別に、どうもしてないよ。うまくいかないことも時にはあるからね」

ルウはいつもと同じ完璧な笑顔をつくっていたが、この演技では他の人はともかくリィは騙《だま》せない。

本当に占いが『うまくいかなかった』時の相棒はもっと飄々《ひょうひょう》としているものだ。

ますますおかしいと感じ、リィは身を乗り出して相棒を問い質した。

「ルーファ。何かおれに隠してないか？」

質問が直接的なら答えも恐ろしく直接的だった。

「隠してないよ。言えないことがあるだけ。占いは基本的に依頼人の秘密厳守だからね」

「そうすることでケリーが危険に陥《おちい》ってもか？」

「……そこが問題なんだよ」

ルウも自室で話をしていた。大きなため息を吐いて、近くには誰もいないのに意識的に声を低めてきた。

「一刻も早く何とかしたいのはぼくだって同じだよ。もしも、出遅れたことで《ピグマリオンⅡ》がまた撃たれるようなことになったら――船ならまだいい。彼をさらった誰かは彼とダンの関係を知ってるんだ。今度は直接ダンを狙われたら……」

黒い天使の顔色も冴《さ》えなかった。

もともと色の白い人だが、今はなお白く見える。

リィはむしろ呆《あき》れて言い返した。

「そこまで気にしてるんなら、さっさとやることをやったらどうなんだ？」

「それができないからやきもきしてるんじゃないか。占おうにも手札にさわれないんだよ」

「さわれない？　なんで」

「それも言えれば苦労しない」

埒《らち》があかない禅《ぜん》問答のようだが、リィはこの黒い天使とつきあって長かった。

これ以上は踏み込めないという限界も知っていた。

端末画面の前で、思わず苦笑した。

「おれはつくづく生まれるのが遅すぎたな」

「エディ？」

「だからこんな子どもで、学校へ行くのが仕事で、肝心な時に何もできない。いやになるよ」

隣で聞いていたシェラが驚いてリィを見た。

この人がこんな弱音を吐くことは極めて珍しい。愚痴《ぐち》めいてさえ聞こえる台詞《せりふ》だ。

ルウは青い眼を何度か瞬かせると、自嘲の笑いを浮かべている相棒をなだめるように見つめてきた。

「きみがそんなことを言っちゃいけない」

「…………」

「それを言いたいのは、一番それを感じているのはジャスミンとダイアナのはずだから」

「ああ、わかってる」

「ほんとに、わかってる？」

黒い天使は悪戯《いたずら》っぽい口調で言ってきた。

「誰だってできることには限界があるんだ。それが普通なんだよ。力になれないことがあるからって、すぐにくよくよするのはエディの悪い癖《くせ》だ」

シェラは今度こそひっくり返りそうになった。

さすがはルウと言うべきだろう。この人にこんなことを言う勇気は自分はもちろん他の誰にもない。

リィも呆れたように笑って言い返した。

「ルーファに言われたくないな」

「そう？」

「そうだよ。自分のことはいつだって一番後回しのくせによく言うもんだ」

「そんなことないよ」

「あるんだよ。ルーファが気づいてないだけだ」

やんわりと言い諭すような口調である。

これではまったくどちらが年上かわからないが、ルウはくすくす笑って言った。

「じゃあ、もしエディがもっと早く生まれてたら、ジャスミンを巡ってキングと決闘でもした？」

これもまた想像するだに恐ろしい図だが、リィはあっさり笑って首を振った。

「そんな無駄はやらないよ。おれが勝ったとしても、ジャスミンはケリーを選ぶに決まってる」

「そうだね」

頷いたルウはよく知っている。

彼は生涯を懸けて彼女を待っていた。

そして恐らく、彼女も彼を待っていた。彼以外の人を選ぶことを最初から考えなかったのだ。

「だから大丈夫だよ。あの人たちなら、きっとね」

優しく言って、ルウは相棒に話しかけた。

「子どもだからできることもある。今も言ったけど、彼をさらった誰かは彼とダンの関係を知ってるんだ。ちょっと調べればダンにはジェームスという息子がいることもすぐにわかる」

ジェームスを押さえられたらお終いだ。それこそ自分たちは身動きが取れなくなる。

その危険性にはもちろんリィも気づいていた。

冷静に指摘した。

「寮にいる間は安全と思っていい。おれたちの眼の前で、おれたちに気づかれずにジェームスを持っていくことは事実上不可能だ」

「だよね。学校にいる間も、あの子への呼び出しはつながないように頼んでおくからまず大丈夫として、危ないのは学校への行き帰りだよ。ヴェルナールはアイクラインとは方向違いだけど、何かいい方法はないかな？」

ここでリィとシェラの協議になった。

ジェームス本人に護衛されていると気づかせてはならない。あくまでも自然に見せなくてはいけない。

「下校時でしたら交流会がちょうどいいと思います。ジェームスは最近、放課後の自主講習で帰りが遅くなっていますから、それを待って一緒に帰ればいい。ヴェルナールの手芸部と打ち合わせがあったからと言えば、それほどおかしくもないでしょう」

「登校時は他の生徒たちが何人も一緒にいるからな。狙われる危険は低いには違いないが……」

「油断は禁物です。こちらがそう考える隙をついてくるかもしれません」

「そのとおりだ。ジェームスと一緒に行ければ一番いいんだろうが、まさかおれたちがヴェルナールへ登校はできない。いくら何でも目立ちすぎる」

「はい。多少やりにくくはありますが、姿を隠して守るしかないでしょうね」

「そうだな。ジェームスが学校に入るまで護衛して、その足でアイクラインまで走ればいい」

ここでルウが割って入った。

「そんなことして遅刻しない？」

「しない。アイクラインとヴェルナールは二キロも離れてないんだ。五分で走れるよ」

「わたしも、そのくらいの距離でしたら遅刻せずに走れます」

端末画面の向こうでルウが笑って頷いた。

「きみたちがいてくれるから、ぼくもジャスミンもジェームスのことはあんまり心配しなくて済んでる。こればっかりは無理に大人が割り込むと、目立って仕方がないからね」

「おだてなくても護衛はちゃんとやるよ」

リィは笑って回線を切った。

その後、ふと思いついて、ファロットの二人にも連絡を入れて事情を話した。

「向こうが欲しがっているのが死者の蘇生法なら、おまえたちにとっても他人事じゃないからな」

レティシアはこの説明に納得できなかったらしく、不思議そうに首を傾げて言ってきた。

「あののっぽの兄さんはともかく、俺たちが一度死んだ人間だなんて、そいつらは知らねえだろう？仮に気づいたとしてもだ。俺たちの身体を医学的に調べたところで何も出てきやしないんだぜ。これは俺が自分で確かめたことだから間違いない。その辺、あんたの相棒は徹底してるよ」

「俺たちは肉体的にはごく普通の十代の少年たちということだな」

ヴァンツァーが聞きようによっては大変恐ろしい台詞を平然と述べたが、彼はさすがに慎重だった。

リィに向かって質問してきた。

「仮にその何者かが俺たちに矛先《ほこさき》を向けてきたら、どう対処すればいい？」

「とりあえず殺すのは禁止」

リィは言った。

「過剰防衛になるし、死体の処置にも困るからな。何よりケリーの居場所を聞き出さなきゃならない」

レティシアが眼を輝かせて身を乗り出した。

「なあ、王妃さん。じゃあ死体を始末できるあてがあったら殺してもいいか？」

「やめとけ。おまえを信用してないわけじゃないが、どんなところからぼろが出ないとも限らない」

端末画面の半分に顔を映しているヴァンツァーも真顔で頷いた。

「王妃の意見に賛成だ。科学捜査技術というものも、なかなか侮《あなど》れないからな」

「そういうことだ」

しかし、レティシアはなおも食い下がった。

「だってそいつらなら殺しても害はないんだろう？あの兄さんの居所を聞き出した後ならいいじゃん。絶対ばれないように始末するからさ」

「くどい。少なくともこの星での殺害は絶対禁止」

厳しく言って、リィは通信を終えた。


ジャスミンはリィを見送ると、ホテルの談話室でダイアナに連絡を取った。

ダイアナは今、連邦軍の出撃記録を調べている。

機影隠匿性能を持つ機体はそんじょそこらにあるものではない。高性能の上、非常に高価でもある。

一番多く所有しているのはもちろん連邦軍だ。

しかし、連邦軍と一口に言っても十二軍もある上、それぞれを別の軍管理脳が管轄《かんかつ》している。

その一つ一つに侵入して出撃記録を調べるのは、いくらダイアナでも少々手こずる作業だった。

「五軍まで当たったけど、今のところ該当記録なし。明日までには残りも調べられると思うわ」

「頼む」

やはりまだ収穫はない。

少々苛立ちながら上の階の自分の部屋に戻ったが、鍵を開けたところでジャスミンの手が止まった。

部屋の中に人の気配がある。

ここはホテルで、もうじき夕食という時間だから、従業員が夜のベッドメイク中という可能性もあるが、それなら部屋の扉《ドア》を閉めたりしないはずである。

用心しながら部屋に足を踏み入れたジャスミンを迎えたのは、まったく予想外の顔だった。

「やあ、ジャスミン」

ケリーがそこで笑っていた。

さすがに愕然《がくぜん》とした。


一瞬、棒立ちに突っ立ったくらいだ。

驚きを如実に表して動こうとしないジャスミンに、男は余裕の笑みを浮かべて悠然《ゆうぜん》と歩み寄ってきた。

「帰らなかったんで心配したか？　悪かったな」

肩を抱こうとして手を伸ばしてくる。

その手をジャスミンは触れさせはしなかった。

払いのけざま男の手首をしっかと掴み、格闘技の要領で関節とは反対方向に捻《ひね》った。

「おい！　痛いじゃないか！」

不自然に腕を捻られた男は顔をしかめて訴えたが、ジャスミンは壮絶に笑った。

ぞっと震え上がるような笑顔だった。

「この馬鹿めが。のこのこ会いに来てくれるとはな。

——感謝するぞ」

手首を放して男の身体を突き飛ばす。

そうしてジャスミンは懐から銃を引き抜き、床に尻餅《しりもち》をついた男の額《ひたい》にまっすぐ狙いをつけたのだ。

「貴様は誰だ？」

しかし、男はそれくらいではめげなかった。

ある意味立派と言うべきか、引きつった顔に薄ら笑いを浮かべながらも立ち上がり、よせばいいのになおもジャスミンをなだめようとしたのである。

「どうしたんだよ、朝帰りしたから怒ってるのか？もしかして俺が浮気したと思ってる？　馬鹿だな。俺が愛してるのはおまえだけだよ」

今度は顔をしかめるのはジャスミンの番だった。

不快感も露《あら》わに銃の台尻で男の顔を殴りつけた。容赦のない一撃にさすがに男が悲鳴を上げて床に倒れ込む。

「余計な口をきくな。虫酸《むしず》が走るわ。レイチェルを襲ったのは貴様だな？」

断言した時、部屋の呼び鈴が鳴った。

ジャスミンが後ろを振り返りかける。

男はその隙に立ち直り、隠し持っていた銃を引き抜いたが、ジャスミンのほうが遥《はる》かに速かった。

一瞬で距離を詰め、男の鳩尾《みぞおち》を打って気絶させて、その身体をベッドの上に放り投げた。

それから客室係のために扉を開けてやった。

きちんとしたホテルの客室係は中に人がいる時は決して勝手に入ってきたりしない。

「失礼致します。ベッドメイクに参りました」

型どおりの挨拶《あいさつ》を述べた客室係を、ジャスミンはその大きな身体で遮《さえぎ》って申し訳なさそうに言った。

「必要ない。すまないが、チェックアウトを頼む」

「今からでございますか？」

「ああ。夫が帰ってきたんだが、どうも具合がよくないらしい。すぐに病院に連れて行かなくては」

「それでは、誰か手伝いの者を寄越します」

「いや、それには及ばない。わたしが連れて行く」

気を失った大の男を軽々と肩に担いで出て行ったジャスミンを、客室係は眼を丸くして見送った。

五分後、ジャスミンは車を走らせていた。

至って標準的な速度である。傍目《はため》にはドライヴを楽しんでいるように見えただろう。
助手席には、縛られた手首を上着で隠されている
ことにも気づかない男がぐったりと伸びている。
その顔はどこからどう見てもケリーそのものだ。
顔の造作だけならよく似せたと言うべきだろうが、
決定的に違っていたのは表情だ——眼の光もだ。
実際に眼にすれば一目瞭然《りょうぜん》だった。
媚《こ》びるようなにやけた笑いも、顔色を窺《うかが》うような
卑《いや》しい目つきも、本物とは似ても似つかない。
車を動かす前、気を失っている男の身体をざっと
調べたが、身分証の類《たぐい》は何も持っていない。
持っていたのは惑星内用の携帯端末と一般人でも
購入可能な光線銃が一丁だけだ。
体つきも特に鍛えてあるようではない。
靴が変わっていた。一見したところ普通の靴だが、
内側が異様に高い上げ底になっている。
本物のケリーより身長が低いので、こんなもので
ごまかしたのだろう。
顔も調べてみた。皮膚《ひふ》を摑んで引っ張ってみたが、
簡単には剝《は》がれない。自前の皮膚のような感触だ。
閉ざされた瞼《まぶた》を無理やりこじ開けてみると、眼は
カラー・コンタクトだった。髪も染色してある。
さらに声は高襟《たかえり》の内側に仕込んだ変声装置だった。
ご丁寧《ていねい》なことだと呆れ返ったジャスミンだったが、
まんまと飛び込んできてくれた手がかりである。
この男が誰の指図で動いているのか、何としても
吐かせなくてはならなかった。もう一つ、この男が
戻らなかったら、あるいは連絡を絶ったら、恐らく
この男の仲間が押し寄せてくる。
何人で来られようと怯《ひる》むジャスミンではないが、
一般人がいるホテルで迎え撃つのはまずい。
郊外にはジャスミン所有の屋敷がある。
鬱蒼《うっそう》とした林に囲まれ、周囲には人家もなければ
人通りも滅多にない。うってつけの場所だ。
男の通信機は今のところ鳴る様子がない。しかし、
仲間がこの男の居場所を確認していないはずはない。

体内に発信機を仕込んでいるか、どこかで様子を見ていて尾行してくるかだ。

屋敷に着くまで背後に不穏な動きはなかったから、恐らく発信機のほうだろう。

屋敷に着いたジャスミンは意識を失った男を再び肩に担いで地下の遊戯室《ゆうぎしつ》に下りた。

意識のない人間はぐんなりと重く、持ち運ぶのは大の男でも苦労するところだが、ジャスミンは男の身体を無造作に撞球台《ビリヤード》に放り出した。

撞球台は装飾の施された四本の足を持つ骨董品《こっとうひん》で、重量も四百キロはある。

放り出された衝撃で眼を覚ましかけたのか、男はわずかに身じろぎしたが、ジャスミンは軽く鳩尾を打って再び気絶させると、いったん上に上がった。

この屋敷には至るところに武器が置いてある。

四十年間眠っていて眼を覚ましたジャスミンが、珍しがってあれもこれもと無造作に購入したものだ。

山ほどの武器の中から使うものを選別し、残りはすべて戸棚にしまって鍵を掛ける。

次に身支度《みじたく》を調えた。

滅多に着ない黒い高襟のスウェットシャツに黒いスラックス、黒のジャンパー、黒のブーツと、全身黒ずくめに変え、薄手ながら頑丈な革の手袋を嵌《は》め、さらにニットの黒い帽子を取った。

それから、物置から細い針金を一巻きとペンチを摑んで地下に戻った。

戻ってみると、ケリーの顔をした男は呻《うめ》きながら意識を回復しようとしていた。

不自由な手で起きあがり、ジャスミンに気づいて、撞球台の上で大声を張り上げた。

「こいつは何の真似だ！」

ジャスミンは男の眉間《みけん》に銃を突きつけた。

「わたしの許可なくしゃべるな。それがルールだ」

その口調も態度も冷徹な軍人そのものだ。

何より男の額に突きつけられた銃口にはいつでも引き金を引いてやるという強固な意志が感じられる。

「レイチェルを襲ったのはおまえだな？」

男はさすがに青ざめたが、答えようとはしない。

ジャスミンは革手袋を嵌めた手で男の鼻を摑み、思いきり捻り上げた。

鼻がもがれそうな激痛に男が悲鳴を上げる。

「ルール二つ目だ。わたしの質問にはすぐに答えろ。——おまえがレイチェルを襲ったんだな？」

男は痛みに顔をしかめながらも反抗的な目つきでジャスミンを見上げてきた。

「ふむ。さっそくルール違反か」

ジャスミンは再び男の腹に拳《こぶし》をお見舞いした。

ただし、今度は鳩尾を狙ったわけではないから、男は身体を二つ折りにして苦悶《くもん》に喘《あえ》ぐ羽目になった。

ジャスミンは委細かまわず、男の腕を取り上げて、縛られていた手を自由にしてやった。

その上で今度は男を仰向けに撞球台に突き倒すと、右手首と撞球台の足とを針金で括《くく》りつけた。

左手首も同じようにする。両足もだ。

男の身体は撞球台の上に仰向けに張りつけられた格好になった。

その間、男もおとなしくしていたわけではない。

何とかして逃れようと撞球台の上で猛烈に暴れ、ひっきりなしに罵声《ばせい》を浴びせてきたが、そんな男の抵抗など、ジャスミンはものともしなかった。

てきぱきと作業を進めた。

自分を捕らえたのがただの女ではないと、男にもようやく呑み込めたらしい。

針金を使い切ったジャスミンが立ち上がる頃には、男の呼吸はすっかり荒くなり、視線は落ちつかずにあちこちにさまよっていた。

顔にもびっしょり汗を浮かべている。

その男の顔をジャスミンは冷たい眼でじっくりと見下ろした。さらにことさらゆっくりと服の袖《そで》から鋼鉄製のナイフを抜いて、男の首に突きつけた。

遅まきながら、その刃先から伝わるジャスミンの本気がわかったのだろう。

男の身体は抑えきれない恐怖に震え始め、喉仏《のどぼとけ》がごくりと上下した。

その首から顎《あご》にかけて皮膚を剝ぎかねない強さで刃を押し当てて動かしてやると、男はみっともなく悲鳴を上げた。

皮膚からは本当に血が滲《にじ》んでいる。

変装用の面《マスク》ではないらしい。

ということは、わざわざ整形手術をして、ケリーそっくりの顔に変えたということだ。

「気に入らんな」

ぶっきらぼうにジャスミンは言った。

「偽者とわかっていても、あの男のような顔が眼の前にあるのは非常に不愉快《ふゆかい》だ。――もう一度、整形させてもらうぞ」

おもむろに拳を握りしめる。

普段のジャスミンだったら身動きできないように拘束した相手に暴力を振るったりはしない。

だが、この男がケリーの顔を使って何をしたかを考えると、それこそ腸《はらわた》が煮えくりかえる。

慈悲《じひ》など垂れる必要はない――一片たりともない。

存分に力を込めた一発を浴びせると、ぐしゃっと骨の砕ける音がした。

何と言っても『か弱い女性』の拳とはわけが違う。

ジャスミンの拳には、まともに命中すれば本物のケリーも倒せるだけの威力がある。

その拳で容赦なく殴りつけられたのだ。せっかく整っていた男の顔はたちまち見る影もなくなった。

これでは整形ならぬ変形である。

凄《すさ》まじい暴行に、男は即座に音をあげた。

涙と鼻血で顔中を汚して、助けてくれと訴えたが、ジャスミンは冷酷に宣告を下した。

「レイチェルもそう言ったはずだ」

前歯を折られ、鼻骨と頰骨《ほおぼね》を折られ、両方の瞼が腫《は》れ上がるほど徹底的に痛めつけられた後で、男はようやくレイチェルに対する暴行を白状することができたのである。

その時には、男の顔からケリーの面影は探そうとしても到底無理な状態になっており、ジャスミンはひとまず殴るのをやめて尋問を再開した。

「おまえの雇い主は誰だ？」

「し、知らねえ……」

「そんなに顔の皮を剝がれたいか」

ナイフを突きつけてやると、男は半狂乱になって本当に知らないのだと訴えた。

さんざん殴られたものだから、男はうまく言葉を話せなくなっている。不自由な口で必死に説明した。

男はもともと詐欺師《さぎし》まがいのちんぴらで、あまりまっとうとは言えない手段で小金を稼いでいたが、二ヶ月前、大きな仕事の話が舞い込んできた。

アルトラヴェガの企業秘密を盗んで欲しいという依頼である。そのための手段は依頼主が逐一《ちくいち》指示し、必要に応じて全面的に手も貸すという。

その指示の第一が、指定の病院で、送られてきた写真の男の顔に整形することだったのだ。

無茶な注文だが、男がそれに応じたのは、一にも二にも報酬が魅力的だったからだ。

依頼主は支度金だと言って前金でかなりの金額を支払ってくれ、ことがうまくいった暁《あかつき》にはさらにこの倍の金額を支払うと約束してくれたのである。

相手は常に携帯端末を使って指示を出し、自らの名前も正体も明かそうとしなかった。

そのほうがお互いのためだと言われたという。

実際、男も依頼主の正体などはどうでもよかった。この仕事がうまくいけばしばらく遊んで暮らせる、その事実のほうが遥かに大事だった。

顔を整形し、眼も髪も依頼主の指示通りに変えて、身長も調節した。

ここまでする必要があるのかと疑問を投げると、依頼主はこれがレイチェルの好みなのだと説明した。その言われたとおりの口上を持ってアルトラヴェガ・ウォールトン支社に赴《おもむ》き、レイチェルに面会を求め、うまく興味を持たせることに成功した。

男が持参した資料も依頼主が用意したものであり、レイチェルとの専門的な会話も、ジャスミンの想像通り、耳の中に小型通信機を仕込んで、依頼主から直接指示をもらって話していたという。

ジャスミンは舌打ちした。

「貴様、詐欺師としても二流以下らしいな。仕事の途中でレイチェルを襲ったのか？」

「ち、違う……」

男は弱々しく否定した。

「あれも……あれだって依頼主の指示でやったんだ。嘘《うそ》じゃねえよ！」

ジャスミンの気配に殺気が増したのを感じたのか、慌《あわ》てて言ってきた。

事件の前日になって、突然、依頼主が女を犯せと言ってきたのだという。

自分たちが欲する秘密の一部がわかった。全体はあの女が知っている。犯してそれを聞き出せと。

「待て」

ジャスミンは厳しい顔で男の言葉を遮った。

「依頼主から聞くまで、おまえはその酵素のことを知らなかったのか？」

「知るわけねえだろう。何だよ、酵素って……」

男はしきりと愚痴っている。

「女を騙して聞き出したほうが早いって言ったのに。あの時まで女は俺を信じてたんだぜ。それなのによ、たまんねえぜ。人からあれこれ注文つけられながら女をやるなんて……」

驚いたことに、レイチェルを暴行している最中も、この男は小型通信機で指示を受けていたというのだ。

ジャスミンの表情はますます険《けわ》しくなった。

「おまえが酵素の話をした時、レイチェルはどんな反応を見せた？」

「驚いてたぜ。なんで知ってるのかって。会社でもほんの数人しか知らないはずだって食ってかかってきてよ。ちくしょう……めちゃくちゃ暴れやがって。あんな女、好きでやったわけじゃねえや」

腫れ上がった瞼に邪魔されて、ジャスミンの顔をはっきり見ることができなかったのは、男にとって幸いだったかもしれない。

憤怒《ふんぬ》の形相で歯ぎしりしながら、声だけは平坦にジャスミンは訊いた。

「なぜわたしの前に現れた？」

男はまた口籠《くちご》もったが、さんざん殴られたことがよほどこたえたらしい。素直に答えた。

「そりゃ、依頼主に頼まれたからさ……」

「何を頼まれた？」

「あのホテルに、ケリー・クーアの女房がいるから、亭主のふりをして人気のないところに連れ出せって。——俺は言われたとおりにやっただけなんだよ」

男は哀れっぽい泣き声で訴えたが、ジャスミンはそんなものは聞いていなかった。

この男の依頼主は社内でもごく限られた人間しか知らない秘密を知っていた。

そこまで突き止めていながらこの男をけしかけてレイチェルを襲うように仕向けた。

レイチェルの性格からして、そんなことをしたら、事件が表沙汰《おもてざた》になるのは明らかなのにだ。

なぜそんなことをしたか——答えは一つしかない。

依頼主はこの件を表沙汰にしたかったのだ。

怒りに身体を震わせていると、ジャスミンの腕の通信機が音を立てた。

ダイアナの声が話しかけてくる。

「ジャスミン、来たわよ」

「数と装備は？」

「七人と車が二台。武器の種類は確認できないけど、素手じゃないのは間違いないわ」

「飛行手段はないんだな？」

「ないわ。ずいぶん甘く見てくれたものね」

「この際、好都合だ」

特徴的な赤い髪を束ね、毛先は服の背中に隠して、ジャスミンは黒い帽子を被った。

本当は眼と口だけを開けた覆面《ふくめん》を使用するのだが、

ここにはその用意がない。

　偶然にせよ、ジャスミンがこの屋敷を選んだのはちょうどよかった。まさに人気のない場所だからだ。

「連中の連携を絶つために途中で通信妨害を掛ける。しばらくおまえとも話せなくなるが、心配するな」

「そんな心配はしていないわ。懸念があるとしたら、あなたが大事な手がかりを全員殺してしまうのではないかということよ」

「それこそ見くびってもらっては困るな。わたしは玄人《プロ》だぞ」

　不敵に笑い返して、ジャスミンは張りつけにした男に歩み寄った。

「いろいろとしゃべってくれて助かったぞ。最後にもう一つ、役に立ってもらおうか」

　恐ろしく不気味な威圧感を放つ声だった。

　男は竦《すく》み上がった。

　反射的に逃げ出そうとしたが、手足を拘束されていては到底かなわなかった。


　屋敷を包囲した七人は足音も立てずに林を抜けて、外灯を目当てに屋敷に接近していった。

　その外灯に屋敷自体はほのかに照らされているが、家の中に明かりが点いている様子はない。

　七人が受けた命令は次のようなものだ。

「男は殺してかまわん。女は必ず生かして捕らえろ。かすり傷一つ負わせてはならん」

　となれば女を確保した後で男を殺すのがもっとも間違いのない方法である。

　七人は全員が軍出身者だった。

　銃器の扱いにも熟練しているし、実戦経験もある。

　相手は民間人ということだし、屋敷もごく普通の民家で、標準的な防犯装置があるだけだ。おまけに目標の二人の他には家に誰もいないというのだから、楽な仕事である。

　七人のうち三人は見張りとして外に残り、四人が家の中に侵入した。防犯装置を無効にして玄関から堂々と乗り込んだのである。

　大きな屋敷だが、まごついたりはしない。

　四人とも暗視装置をつけているので、暗がりでものが見える。手元の端末で確かめると、発信機の信号は二階からだった。

　位置からして、恐らく寝室である。

　廊下を進みながら、突撃隊の一人が下卑《げび》た笑いを洩らした。

「お楽しみの真っ最中だとしたら、引きはがすのは一苦労だぜ」

「無駄口を叩くな」

　指揮官が一応たしなめたものの、その声もあまり緊迫《きんぱく》した様子ではない。

　四人は難なく目的の部屋の扉までたどり着いた。

　扉は把手《とって》をひねって開け閉めする古典的なもので、鍵は掛かっていない。

　四人は扉の左右に分かれた。

　一人が把手を握り、その瞬間だけは用心しながら扉を薄く開けてみた。

　しかし、部屋の中からは何も物音が聞こえない。人の気配もない。

　指揮官は訝《いぶか》しげな顔で、信号の発信源を確かめた。間違いなくこの部屋からだ。

　となれば、少なくとも男のほうは部屋の中にいるはずである。

　四人は銃を構え、いっせいに室内に突入した。慣れた動きでそれぞれ別方向に銃口を向けたが、室内は暗く、しんと静まりかえっている。

　そこはやはり寝室だった。

　広い部屋の真ん中に大きな寝台が置かれている。他にはチェストやナイトテーブルなど、二、三の小さな調度品だけがある部屋だ。

　両開きの窓が大きく開け放たれていた。

　窓の外には見晴らしのいいバルコニーがつくられ、レースのカーテンだけが風に揺れている。

　暗視装置をつけた彼らは、きちんと整った寝台の枕の上に何か変なものを見つけた。

暗視装置の欠点は肉眼で見るようには色や質感を摑めないところにある。

それは最初、黒ずんだ石ころのように見えた。

しかし、そんなものが枕の上にあるのはおかしい。

次にはもっとやわらかいもの――何か大きな豆か芋《いも》の切れ端のようにも見えたが、これも異様である。

すぐ傍まで近づいて、やっとその正体に気づいた指揮官は息を呑んだ。

それは血まみれの人間の耳たぶだった。

発信機を仕込んだ耳たぶだけが切り落とされて、枕の上に投げ出されていたのである。

両方の耳たぶが切られているのは、単にどちらに仕掛けられているか確かめる手間を省いたからだ。

「退避！」

指揮官が叫んだ時は遅かった。

窓の外から大きな人影が音もなく飛び込んできた。

二人が肩や腕を撃ち抜かれて悲鳴を上げる。

武器を取り落として倒れる仲間に啞然《あぜん》としながら、無傷で済んだ二人は咄嗟《とっさ》に応戦した。

しかし、遅い。

その時には人影は窓の外に消えている。

飛び込んできた人影は黒ずくめの上、顔まで黒く塗っており、人相風体を確認する暇もなかった。

ただ、ひどく大きな男だったのは間違いない。

二人とも用心しながら人影を追って飛び出したが、バルコニーには誰もいない。

それどころか、飛び出した二人を狙うかのように林の中から銃弾が飛んできた。

二人は慌てて屋内へ避難すると、外で待っている三人に知らせるべく、通信機に向かって叫んだ。

「気をつけろ！　誰かいるぞ！」

ところが、雑音が入るばかりで応答がない。

さすがにその意味を二人とも一瞬で悟った。

「通信妨害されてる！」

「馬鹿な！　民家じゃないか！」

その認識は間違っていた。

家は確かに民家だが、そこにいたのは民間人とは名ばかりの百戦錬磨《れんま》の元連邦軍将校だということを——しかも射撃と格闘技の達人にして奇襲と対テロ戦の専門家であり、なおまずいことに今はとことん怒り狂っている怪獣だということを彼らは不幸にも知らなかったのだ。

一方、外の三人も異変を感じていた。

突撃隊の銃もジャスミンの銃も銃声はしないが、窓の開いた部屋で人が悲鳴を上げて倒れたからには、近くに民家がないだけに、その物音は確実に響く。

三人とも思わず顔を見合わせた。

「突入隊、どうした？」

通信機で呼び出してみたが、応答がない。

ただごとではないと判断した三人が仲間の応援に駆けつけようとした時だ。

一人が突然悲鳴を上げて、足を押さえて倒れた。

他の二人がはっと身構えた時は遅かった。


暗がりから飛んできた銃弾は残る二人の肩や腕をほぼ同時に撃ち抜いていたのである。

それなのに撃った相手の姿が見えない。

どこから撃ったかもわからない。

「狙撃だと⁉」

一人が痛みに呻きながらも驚愕の声を発した。

そんな真似のできる相手がいるとは——狙撃手がここを守っているなどとは聞いていない。

狙撃手がいるとしたら迂闊《うかつ》には動けない。

痛みを堪《こら》えて地面に這い蹲《つくば》っていると、突撃隊の四人が這々《ほうほう》の体《てい》で逃げ出してきた。

彼らも仲間が負傷しているのを見て驚いたらしい。

指揮官は迷わず叫んだ。

「撤退だ！　ひとまず撤退する！」

無傷だった二人が眼を血走らせて周囲を警戒する。

その間に、負傷者は互いをかばうようにしながら、やっとのことで車まで逃げ帰った。

黒塗りの車が二台、慌ただしく走り去っていく。

たった一人で七人の敵を追い払ったジャスミンは、その様子を見送りながら林の中で舌打ちしていた。

あんな連中が相手では戦った気にもなれない。

何より、自力で逃げられる程度に負傷させるのはなかなか気を使う面倒な作業なのだ。

はっきり言って皆殺しにしてしまうほうがよほど手っ取り早い。

だが、それでは意味がない。あの連中には親玉のところまで案内してもらわなくてはならない。

一人も捕らえずに逃がしてやったのもそのためだ。

通信妨害を解除してダイアナに話しかける。

「後は任せるぞ。見失うなよ」

「いやねえ。それこそ誰に言ってるの」

ダイアナは今、この惑星の軌道上にいる。

近くに漂う人工衛星など、すべて彼女の眼であり耳であるようなものだ。

すなわち車がどこへ逃げようと、ダイアナからは逃れられない。四百キロ上空から丸見えだ。

追跡はダイアナに任せて、ジャスミンがひとまず地下へ戻ると、両方の耳たぶを切り落とされた男がひいひい泣きながら助けを求めていた。

この男がレイチェルを暴行した真犯人である以上、ウォールトン州警察に突き出さなくてはならないが、自分には他にやらなくてはならないことがある。

「……生きた人間は宅配便で送れないものかな?」

ジャスミンは真面目に呟《つぶや》いた。

7

七人を乗せた二台の車はなかなか止まらなかった。大陸横断道路を渡り、グランピア大陸に上陸し、ウォールトン州まで走り抜けて大きな地下駐車場にすべり込んで、ようやく止まった。

その様子を上空からすっかり見ていたダイアナは、法務局に侵入して問題の駐車場の名義を調べてみた。

『ギャベリン保安警備会社専用駐車場』とある。

つまり、使える人間はごく限られているわけだ。

調べてみると、この警備会社の現場で働く社員はほとんどが元軍人や元傭兵《もとようへい》という経歴の持ち主だ。

要は命を狙われている人の護衛、もしくはテロの対象となる場所の警備など、実際に武器を使用する荒っぽい仕事を引き受けるところなのだ。

連邦大学惑星がいくら治安のいい星だと言っても、その安全を守るためにこうした会社が存在するのは別段おかしなことではない。

しかし、要人を警護するための武装なら合法的な仕事だが、民家に押し入って女性を（ジャスミンも一応は女性のうちに数えられる人なので）拉致《らち》してくるとなると、これは立派な犯罪である。

あの七人が業務命令で襲いかかってきたのか否か、確かめなければならなかった。

ウォールトンの時間は既に真夜中を過ぎていたが、建物にはまだ灯りが点っている。

ダイアナは建物の管理頭脳に侵入すると、内線を起動させて、社内のあらゆる会話を拾った。

この会社にはよほど仕事熱心な社員が多いらしく、かなりの数の人間が活動中だった。

そろそろ引き上げるかというあくび混じりの声、明日の予定を楽しげに話す複数の女性の声、何やら秘密めいた男女の会話などがなだれ込んでくる。

十数通りの雑多な会話を同時に聞き分けることは人間には不可能だったろうが、ダイアナにとっては朝飯前である。たちまち目的の会話にたどり着くと、他の会話を切り捨てた。

「おめおめと戻ってくるとはどういうことだ？」

「負傷者が五人も出た以上、任務の遂行《すいこう》は不可能と判断しました」

指揮官が硬い声で言っている。

「こんなことになったのも事前情報に誤りがあったからです。我々を撃退した相手は通信妨害を使用し、狙撃手まで用意していました」

「自分たちのせいではないとでも言うつもりか？　女はどうした」

「わかりません。そもそも、確かに現場にいたのかどうかもわかりません。車内からも報告しましたが、確認できたのは相手の戦闘員と、発信機を仕込んだ男の耳たぶだけです」

「それで、まさか身元のわかるようなものは残してこなかっただろうな？」

「……血痕が残っているかもしれません」

指揮官が報告すると、部屋にいた誰かはますます苦い声になった。

「五人分の個体情報を警察に提供してやったわけか。——もういい、下がれ」

不甲斐ない指揮官を追い払うと、その部屋にいた誰かは外部に連絡を取った。

「ええ、そうです。女を押さえるのに失敗しました。——しかし、こちらも聞いていませんよ。向こうに戦闘員がいることは。——ええ、経験豊富な人員を向かわせましたが、五人が負傷しました。民間人にこんなことは不可能です。それならそうと最初から言ってもらえれば、しかるべき手段を講ずることもできたはずですがね。——待ってください。まさかこれからもう一度サンデナンへ行けとでも言う気ですか？　向こうもとっくに警察を呼んでいるはずだ。そんなところへ飛び込んでどうしろと言うんです」

ダイアナは回線を辿《たど》って、話の相手を割り出した。
予想通りの相手だった。
人間だったら痛烈な舌打ちをしているところだが、
ダイアナは残念ながられっきとした機械である。
その役はジャスミンに譲ることにした。

翌早朝、アルトラヴェガ・ウォールトン支社長のフレッチャーは運転手つきの車で家を出た。

いつもの出社時間よりだいぶ早い。

世の中には滅多に社に顔を出さない社長もいるが、フレッチャーは違った。他の社員が首を傾《かし》げるほど早い時間に出社してくる。

ただ、出社時間に比例して帰りも異様に早いので、釣り合いが取れているようだった。

会社の前まで来て、車が極端に速度を落とした時、運転手が曖昧《あいまい》な調子で話しかけてきた。

「支社長……」

見ると、これから車を止めようとしている会社の玄関前にタクシーが止まっている。

たった今そこから下りたらしい。明るいピンクのスーツを着た女が一人、立っていた。

受付も開いていないので困惑している様子だが、開くまでそこで待っているつもりらしい。

タクシーに何か言って空で帰した。

戻っていくタクシーを見送ると、フレッチャーは車を降りて女に話しかけた。

「何か御用ですかな?」

女は明らかにフレッチャーを知っていたらしく、ほっとした表情で話しかけてきた。

「フレッチャー支社長でいらっしゃいますか?」

「そうだが……どなたかな?」

「初めまして。ジャスミン・クーアと申します」

「これはこれは……」

フレッチャーは驚いた。

一つには無論、相手の背の高さにだ。

フレッチャー自身かなりの長身なのに、その彼が見上げる格好になっている。

第二に、なぜこの女がここにいるのかと思ったが、そこは如才なく挨拶《あいさつ》した。

「こちらからお伺《うかが》いしなくてはと思っていましたよ。ご主人には大変なご迷惑をお掛けしました」

「ええ。実はそのことで支社長にお話がありまして。厚かましいとは思いましたが、こうして参りました。お忙しいのは承知しておりますが、お時間を割《さ》いていただけませんか？」

「よろしいですとも」

フレッチャーは満面の笑顔で頷《うなず》いた。

「ここで話すのも何ですから、市内の社《うち》の保養所に参りましょう。あそこなら静かに話ができます」

「ありがとうございます」

今のジャスミンを金銀天使たちが見たら、自分の眼を疑ったに違いない。

いつもは流しっぱなしの髪をきちんと結い上げて、身につけているのはいったいどこで見つけたんだと言いたくなるような特大サイズのスーツである。

しかもそれは上品な、粋《すい》を凝らした極上の衣裳《いしょう》で、ジャスミンにぴったり合っている。

少し大きめのハンドバッグも上等の仔牛革だ。

髪だけは夜も明けないうちに美容院に無理を言うはめになったが、今のジャスミンはかつてのクーア財閥総帥になりきっていた。

ジャスミンはこれでなかなか芝居気《しばいけ》がある人で、中でも『しとやかな女性』のふりがうまいのである。

フレッチャーはジャスミンを自分の車に乗せると、車内からどこかに連絡を入れた。

「スペンサーか？　今からお客さまをお連れする。そう、ミズ・クーアだ。特別なお客さまだからな。支度《したく》を調えておくように」

車はトリジェニス市内の白亜の建物に向かった。

ジャスミンは知らないことだが、そこはケリーが最後に立ち寄った場所だった。

通された玄関のがらんとした空間と壮麗《そうれい》な天井を

見上げて、ジャスミンは素直な感想を洩《も》らした。

「立派な建物ですね」

「学会の発表会が開かれる時などは大勢のお客様がいらっしゃるので、どうしてもこのくらいの広さは必要になるんですよ」

「これだけの建物ですと、管理も大変でしょう」

「いやいや、普段は管理人がいるだけで、ほとんど自動機械に任せております」

しかし、二人を出迎えた男はやけにきちんとした三《み》つ揃《ぞろ》いを着ており、管理人には見えなかった。

「秘書のスペンサーです」

手短に紹介すると、フレッチャーは奥の応接室にジャスミンを案内した。

ここも立派な調度品に飾られた部屋である。

重厚な装飾の長椅子をジャスミンに勧め、自分も机を挟んで向かい合わせに座ると、フレッチャーはおもむろに問いかけた。

「それで、お話というのは？」

ジャスミンはハンドバッグから手巾《ハンカチ》を取り出して目元を押さえ、悄然《しょうぜん》とした様子で話し出した。

「はい。御社の弁護士の方にもお尋ねしたのですが、夫があれから戻らないものですから……」

「お帰りにならない？」

「はい。一昨日から連絡が取れなくなってしまって。何かご存じではないかと思いまして……」

「それはそれは……ご心配でしょう」

フレッチャーが多大なる同情の顔つきで頷いた時、扉が開き、中年の男が立派な銀製の盆《ぼん》を捧げ持って入って来た。

上に乗っている珈琲茶碗《コーヒーぢゃわん》も銀の一揃《ひとそろ》いである。

男が手慣れた様子で茶碗を並べて引き下がると、フレッチャーは笑顔で珈琲を勧めた。

「——さ、どうぞ。極上の豆を使っていますのでね。専門店にも負けない味だと自負しているんですよ」

「ありがとうございます」

珈琲茶碗を取り上げて、ジャスミンはじっくりと香りを堪能《たんのう》した後、手をつけずに戻した。

がらりと口調を変えて言った。

「呑んだほうがいいのだろうな、本当は」

「は？」

「これを呑めば自動的に夫のところへ連れていってもらえるのだろうが、眠らされるのはごめん被《こうむ》る」

フレッチャーはぎょっとした。

いつの間にかジャスミンの手に拳銃が光っている。

「動くなよ。少しでも動いたら撃つ」

ジャスミンはハンドバッグから手錠を取りだして、硬直しているフレッチャーの膝《ひざ》に投げて寄越した。

「掛けろ」

フレッチャーは呆気《あっけ》にとられていた。

何が起きているのか理解できない顔つきだったが、その眼がちらりと卓上の内線端末を見た。

しかし、それに手を伸ばすには、突きつけられた銃口はあまりにも冷たく、重い現実だった。

それ以上に厳然たる声が命令を下した。

「両手を前にしてそれを掛けるんだ」

フレッチャーは驚愕《きょうがく》と怒りのあまり顔を歪《ゆが》め、喘《あえ》ぐように言った。

「ミズ。何を考えているか知らんが、これは立派な犯罪だぞ。今ならまだ穏便に済ませてやるから銃をしまいたまえ。さもないと警察を呼ぶぞ！」

「上等だ。その前にわたしがおまえを殺す」

フレッチャーに、ジャスミンの本気を悟る能力があったのは幸いだった。

茫然《ぼうぜん》としながらも、震える手で手錠を取り上げて、のろのろと両手に掛けた。

「昨日、わたしのところに夫の顔をした男が来てな。いろいろとおもしろい話をしてくれた。夫の偽者は何者かに依頼されて顔を整形した上、レイチェルに接触して乱暴したのだという。問題の酵素のことも依頼主から聞いたとおりに話したそうだ。そちらの大事な企業秘密は依頼主に筒抜けだったらしいぞ。レイチェルの話によれば、社内でもほんの数人しか知らない極秘事項のはずなのにだ」

ジャスミンは悠然《ゆうぜん》と足を組んで言った。

「当然だな。支社長ならどんな秘密を知っていても。自分のところの社員を強姦《ごうかん》させるとは呆《あき》れた話だ」

フレッチャーは奮然と叫んだ。

「ふざけるな！　そんな証拠がどこにある！」

「ない」

あまりにも堂々と言われたので、フレッチャーは一瞬、聞き間違いではないかと思った。

「確かに、警察なら証拠がなければ何もできないが、わたしは民間人だからな。証拠などどうでもいい」

いや、本当はどうでもよくはないが、間違っても口を挟める雰囲気ではない。

ジャスミンはまたもハンドバッグの中から小型の録音再生装置を取り出した。

「それに、これは証拠にならないかな？」

再生すると、紛《まぎ》れもないフレッチャー自身の声がそこから流れてきた。


「言い訳は聞かん！　失敗したですむと思うのか！何としても今夜中に女を連れて来るんだ！」

相手の舌打ちが混ざり、忌々《いまいま》しげな声が言う。

「まさかこれからもう一度サンデナンへ行けとでも言う気ですか。向こうもとっくに警察を呼んでいるはずだ。そんなところへ飛び込んでどうしろ――」

再生を中止して、ジャスミンは言った。

「相手はギャベリン保安警備会社の部長だそうだが、とんだ警備会社もあったものだ。――これを警察に届けたらどうなるかな？」

フレッチャーの顔が真っ青になったが、たちまち真っ赤になった。

「こ、こんな真似をして、ただで済むと思うな！」

「それこそこっちの台詞《せりふ》だ」

ジャスミンはわざとらしく眼を丸くした。

「わたしの夫を拉致しておいて、ただで済むとでも思ったのか？」

「………」

「夫をどこへやった?」

「………」

「自作自演の強姦事件を起こしてまで夫のＤＮＡを欲しがったのはなぜだ?」

「知らん。わたしは何も知らん!」

頭《かぶり》を振ったフレッチャーの耳元を銃弾がかすめ、背後の壁に小さな穴を開けた。

「それでは通らないことくらいおわかりのはずだぞ、フレッチャー支社長」

長椅子に足を組んで座り、至って穏やかな口調で話しながら、ジャスミンは続けて引き金を引いた。

フレッチャーの背広の肩が裂ける。ベルトの腰の部分がちぎれる。こめかみの毛が吹き飛ばされる。

「それとも、指を一本ずつ撃ち落とされたいか?」

単なる脅《おど》しではない。本当にそれができるだけの腕があると、いやでも悟らなければならなかった。

恐怖に震え上がったフレッチャーが悲鳴を上げる。

「わたしは――本当に何も知らん!」

「そこまでに願いますよ、ミズ・クーア」

いつの間にか扉が開き、スペンサーが立っていた。

その右手には拳銃が握られ、銃口はジャスミンに向けられている。

ジャスミンは少しも動じなかった。

銃口はフレッチャーを狙ったまま、スペンサーに眼を移し、その姿をじっくりと眺めて言った。

「なるほど。おまえに聞いたほうが早そうだな」

「その物騒なものをしまってください。お望み通り、ご主人のところにお連れします」

「いいや、それには及ばない。どこなのかを話してくれれば充分だ」

「そうは参りません。一緒に来ていただきます」

スペンサーの後ろから男が二人現れた。

防護服に身を固めた厳めしい男たちである。

二人とももちろん武装していた。しかも護衛用の拳銃などではなく、軍用の機関銃でだ。

合計三つもの銃口を突きつけられたジャスミンは

呆れたように肩をすくめたのである。

「ずいぶん物騒な管理人を雇っているんだな」

手錠を掛けられたフレッチャーが憤然と叫んだ。

「さっさと連れて行け！」

もとよりスペンサーもそのつもりだった。

合図を受けて、防護服の男たちが無言で進み出る。

二人とも中年の、屈強な体つきの男だった。

そして相手は護身用の拳銃を持っているとは言え、ピンクのスーツを来た若い女である。

二人とも一応用心して機関銃を構えていたものの、それほどの危険人物に見えなかったのも確かだ。

一人が横柄《おうへい》な口調で言う。

「銃を捨てるんだ」

ジャスミンは素直にその言葉に従った。

珈琲茶碗の横に銃を置いて立ち上がった。

立ち上がった拍子に、スカートの裾《すそ》を直すためにちょっと身体を屈める。

女性ならこんな時、誰でもやるような仕種だった。

が——次の瞬間、ジャスミンの手には別の拳銃が忽然《こつぜん》と現れていたのである。

防護服の男たちがあっと思った時には既に遅い。

二人ともほぼ同時に頭を撃ち抜かれ、その二人の身体が床に倒れる前に、ジャスミンはスペンサーの右肩と足を狙い撃っていた。

防護服の男たちにもスペンサーにも、反撃の隙も与えない早業だった。

ただ一人無傷で済んだフレッチャーは動くことも忘れていた。

眼の前であっけなく人が死んだことにというより、顔色一つ変えずに二人を殺したジャスミンに度肝を抜かれたようだった。表情を凍りつかせている。

二人を射殺したジャスミンは、太股に括《くく》りつけたホルスターに拳銃を戻しながらぼやいた。

「こういう『女らしい』やり方は実は非常に不本意なんだがな……」

スペンサーが重傷を負いながらも根性を発揮して、

取り落とした銃に手を伸ばそうとしている。

　ジャスミンはそれを取り上げると、スペンサーは後回しにしてフレッチャーの尋問を再開した。

「なぜ《ピグマリオンⅡ》に眼をつけた？」

「本当に知らないんだ！　だ、だいたいあの事件が――うちの社員が襲われたことが自作自演だなんて、わたしは聞いていない！」

「あれはわたしの失言だ。乱暴されたレイチェルは何も知らなかったんだからな。だが、おまえの上にいる奴、わたしの夫を拘束しろとおまえに指示した奴は間違いなく知っていたはずだぞ。レイチェルに対する暴行もその誰かがやらせたことだ」

　真っ青になって弁明するフレッチャーの態度には真実味があったが、上手な嘘《うそ》つきはいくらでもいる。

　よく確かめなければならなかった。それによってこの男を生かしておくか殺すかが決まる。

　ケリーの秘密を知った上で、こんな非合法手段に出る者を生かしておくわけにはいかないからだ。

　涙ながらに命乞いをするフレッチャーの頭に銃を突きつけて、ジャスミンは冷たく言った。

「何も知らないと言いながら、わたしを拉致しろと命令するのは理屈に合わないと思わないか？」

　フレッチャーは猛烈な勢いで首を振ると、激痛に呻《うめ》いているスペンサーを必死の眼で指した。

「わ、わたしは彼の言うとおりにしただけだ！」

「変な会社だな。なぜ支社長が秘書に従う？」

「それは……」

　フレッチャーはごくりと唾《つば》を呑んだ。

「か、彼は……相談役の側近なんだ。相談役からもスペンサーに従うように言われている……あんたの亭主が怪しいと言い出したのもスペンサーだ！」

　つまりは相談役のストリンガーが言ったわけだ。

　フレッチャー自身はあくまでも企業秘密の漏洩《ろうえい》が問題だと思っていたらしい。さらにストリンガーが警察などはあてにならんと言いだし、自分が調べてやるから犯人を連れてこいと言い張ったのだという。

「その相談役はレイチェルが研究する酵素のことを知っているのか？」

「もちろんだ！　だからこそ、相談役は何としても犯人を突き止めろという厳命を下されたんだ！」

アルトラヴェガの役員にとって相談役の声は神の声であり、逆らうことはできないのだという。

普通、相談役には代表権も人事権もないはずだが、ストリンガーの場合は違う。自分に従わない者には容赦のない報復措置を取る。だからフレッチャーも、この命令を忠実に守っただけだというのである。

ジャスミンはため息を吐いた。

「その相談役はどこにいる？」

「知らん……本当だ！　役員の誰も知らないいんだ！　いつも向こうから連絡してくる！」

ジャスミンはフレッチャーの手錠の片方を外すと、ずっしりと重い机の脚の透かし彫りの部分に通してつなぎ直した。逃げられないように固定したのだ。

その上で、スペンサーに矛先《ほこさき》を変えた。

取り上げた銃を本人に突きつけて、鋭く詰問した。

「ストリンガーはどこだ？」

ところが、スペンサーは懸命に首を振った。

ストリンガーは極端な秘密主義で、決して自分の居場所を明らかにしないのだという。

スペンサーはストリンガーの手先となって長いが、その彼にして直接会ったことはないというのだ。

「夫をどうした？」

「し、知らない。聞かされていないんだ。俺はただ、迎えの船に……乗せただけだ」

「いつ、どこで？」

スペンサーはさすがに口籠《くちご》もったが、忠誠心より保身のほうが勝《まさ》ったらしい。喘ぎながら答えたのはトリジェニス市からもっとも近い宇宙港だった。

「その相談役がわたしも拉致しろと言ったのか？」

「そ、そうだ……」

「わたしの拉致に失敗したことは報告したのか？」

「………」

「では、わたしにも迎えの船が来るはずだな？」

「こ、これから……来る予定になってる」

ただし、いつ現れるかはわからない。

周辺宙域に跳躍した後で連絡してくるのだという。

「その船からの連絡はここに入るのか？　それとも
おまえ個人の通信端末か？」

「ここ……だ」

ジャスミンはすぐさまダイアナに連絡を取った。

「ダイアナ。この建物の通信記録と宇宙港の出入国記録を調べろ」

念のため、スペンサーの身体検査をして通信機を取り上げると、ジャスミンはもっとも大切なことを尋ねた。

「なぜ《ピグマリオンⅡ》に眼をつけた？」

スペンサーは顔中に脂汗を浮かべていたが、この問いにも知らないと首を振った。

「相談役に……指示されたからだ。あの船長は……あんたたちの……親しい友人だからと」

どうやら本当らしい。

ここまで話してしまった後で嘘をつくとは思えなかったが、ジャスミンはさらに追及した。

「《ピグマリオンⅡ》を撃ったのは誰だ？」

「知らん。マードック……大佐が……手配した」

「何者だ？」

元連邦軍大佐で相談役の側近だと、スペンサーは言った。製薬会社の顧問がなぜ軍に顔が利くのかとジャスミンはなお尋ねたが、スペンサーはこれ以上語るべきものを何も持っていなかった。

思わず舌打ちしたジャスミンだった。

ここにいる連中は要するに、ただの手足なのだ。

これではまったく何のために面倒なスーツを着て髪まで結ってきたのかわからない。

開けっ放しの扉のほうで、「ひっ！」と息を呑む音が聞こえた。

盆を下げようとしたのか、珈琲を運んできた男が青くなって立ち竦《すく》んでいる。

無理もなかった。室内には死体が二つも転がり、支社長は手錠で机につながれ、怪我人が血まみれで倒れているのだから。

男が本格的に叫ぶ前に、ジャスミンは銃口を突きつけて問答無用で黙らせていた。

「珈琲に睡眠薬を入れたのはおまえか？」

「そ、そんな！　とんでもない！」

「おまえが運んできたものだぞ。当然、淹《い》れたのもおまえだろう？」

中年の男は死に物狂いで首を振った。

「ち、違います！　わたしは運んだだけで、珈琲を淹れたのはスペンサーさんです！　特別のお客さまだと言われた時はいつもそうなんです！」

そんなにしょっちゅう睡眠薬入りの珈琲を出しているのかと呆れたジャスミンだったが、その言葉は嘘ではないらしい。

念のためにこの男も拘束して応接室に転がした後、建物をくまなく調べてみたが、清掃用の自動機械が働いているだけで、他に人間はいなかったからだ。

通信室にも行ってみた。

普通なら通信履歴《りれき》を残してあるものだが、ここは見事に何も残っていない。

そうしていると、ダイアナから連絡が入った。

「だめ、ジャスミン。呆れた用心深さと言うべきね。そこの通信履歴は完全に抹消されてるわ」

「おまえの手腕をもってしてもわからないか？」

「無茶を言わないで。わたしは機械なのよ。自分の仕様《スペック》に準じたことしかできないの。――隠してあるものを探し出すことは得意でも、完全にないものを見つけ出すことはできないわ」

「宇宙港のほうは？」

「その時刻に出港したのは一隻だけ。マース船籍の医療船《グランヴァルタン》。少なくとも宇宙港の記録ではそうなってる。――だけど、そんなはずはないのよ。マースにはそんな医療船は存在しない」

「その《グランヴァルタン》がどこへ向かったかは

わからないのか？」

「宇宙港に残っているのはマースから来てマースへ帰るという嘘の申告だけよ。わたしがその場にいて、《グランヴァルタン》の感応頭脳に同調していれば本当の行き先がわかったでしょうけれど……」

今からではどうしようもない。

「ストリンガーという人物については？」

「アルトラヴェガ医療財団の創始者ということ以外、ほとんど不明。財界の大物の一人には違いないけど、以前からかなりの変人で通っている人よ。ケリーも一度も会ったことはないはずだわ」

「だが、間違いなくそいつが黒幕だ——何でもいい。情報を集めろ」

ジャスミンが応接間へ戻ると、手を縛られた男とフレッチャーが反射的に竦み上がった。

何とも言えない眼でジャスミンを見つめてくる。

フレッチャーは倒れたスペンサーに眼をやって、必死の様子で訴えた。

「なあ、頼む。医者を——医者を呼んでやってくれ。このままでは……」

彼は何もスペンサーを気遣ったわけではない。単に情に訴えようとしたのだろうが、そんな手がこの女王に通用するわけがない。

「心配するな。急所は外してある。それにそのうち警察が来る」

フレッチャーの顔がつぶれた蛙《かえる》のようになる。

ジャスミンは手巾とハンドバッグを取り上げると、悠然とフレッチャーに笑いかけた。

「邪魔したな」

ほぼ同時刻に、ウォールトン州警察署のバトラー管理官のもとに届けものがあった。

厳密に言えば、届けられたのは品物ではない。

顔中を包帯でぐるぐる巻きにし、両手を後ろ手に縛られた上、安全帯《シート・ベルト》で座席に固定された男だった。

この男は自動操縦の車に乗せられて、車が自力で走ってきたのである。

車内にはこの男がレイチェルを強姦した犯人だと記した文書と、ジャスミンが持っていた録音と同じものが一つ。

署内は騒然となった。

包帯男のＤＮＡ鑑定をしてみたところ、まさしく犯人のそれと合致したからなおさらだ。

警察が即刻アルトラヴェガ・ウォールトン支社に事情聴取に出向いたのは言うまでもない。

そこからたちまち問題の保養所が割り出された。

ベインズ警部は部下を連れてそこに赴《おもむ》いたのだが、現場の異様な光景に息を呑んだ。

フレッチャーは何とか手錠を外そうと、さんざん暴れた後らしく、疲労困憊《こんぱい》してへたり込んでいた。

重傷のスペンサーは既に意識不明だったが、まだ息があった。

すぐさま警察病院の医師が呼ばれ、診断の結果、命に別状はないと言うことで、病院に収容された。

男のほうは縛られていただけで怪我はなかったが、問題は床に転がった二つの死体である。

フレッチャーとその男の証言から、ジャスミンが二人を殺したことははっきりしている。

しかし、殺人罪が問えるかどうかは疑問だった。

なぜなら死んだ二人が持っていた武器は機関銃。

民間人が許可なく街中で所持できるものではない。

武器だけではない。これから戦争に出向くような頑丈な防護服にしても、懐に忍ばせた装備にしても、この二人は極めて怪しげだった。

そもそも先に相手に銃口を向けられた場合、その相手を結果的に撃ち殺してしまったとしても、罪に問われないことは言うまでもない。

相手が持ち出したのが機関銃となればなおさらだ。

一秒でも対応が遅れたら、そんなものを撃たせてしまったら、自分の身体が穴だらけにされてしまう。

腕や足といった部分に狙いをそらす暇もなかった、一瞬で片づけなければ命がない状況だった、あれは

立派な正当防衛だったと――、

「……どんな馬鹿でも主張するだろうな」

ベインズ警部はため息を吐いた。

そしてジャスミン・クーアは間違っても馬鹿ではない。

それでも、一応、供述は取らなくてはならないが、肝心のジャスミンの行方がわからないと来ている。

そんな弁解では上司のバトラー管理官が納得してくれるはずもないことがわかっているので、警部のため息は二重に深くなった。

8

ログ・セール大陸は朝を迎えていた。

この日、レティシア・ファロットは朝から実験の予定が入っていた。

他の寮生がまだ寝ている時間にさっさと起き出し、簡単な食事を済ませて寮を出た。

入れ替わるように、ヴァンツァー・ファロットが食堂に下りてきた。

彼も今日は授業が始まる前に学校の設備を使って、発表予定の論文に資料を添付するつもりだったので、他の生徒より遥《はる》かに早く学校へ向かった。

同じエクサス寮で寝起きしていても、二人は別の学校に通っている。

ヴァンツァーはプライツィヒ高校、レティシアはチェーサー高校だ。

レティシアの場合は大学へも顔を出しているから、行き帰りが一緒になるということはまずない。

今朝も、二人は寮を出るとまったく別々の方向へ歩いて行ったのだが、そんな二人の前に、ほぼ時を同じくして、怪しい男たちが現れたのである。

レティシアもヴァンツァーも一人きりだった。

早朝の通学路にはまだ朝靄《あさもや》が漂っている。

他の生徒の姿は一人も見えない。

それが男たちにとっては好都合だったのだろう。

体格のいい黒ずくめの男がそれぞれ三人、堂々と姿を現し、学校へと急ぐ二人の前に立ちふさがって、ぐるりと取り囲んだのだ。

銃口を向けながら言った台詞《せりふ》まで同じだった。

「騒ぐな。おとなしくしていれば危害は加えない。我々と一緒に来てもらおう」

別々の場所で二人は同じように眼を丸くしていた。

銃を突きつけられて拉致《らち》されそうになったことに

驚いたり恐れたりしたからでは間違ってもない。

（まさか……本当に来たのか？）

（これって王妃さんの話のやつかよ。冗談だろ？）

と、そっくり同じことを考えていたのである。

昨日、リィから話を聞いていたのは運がよかった。

さもなければ、二人とも間違いなくこの男たちを撃退──最悪の場合は殺していただろう。

レティシアは人体実験に使える材料が向こうから出向いてきてくれたという理由で、ヴァンツァーは授業に遅れるという理由でだ。

しかし、王妃《リィ》からは殺害は厳禁と言われている。

ここが思案のしどころだった。あの黄金《きん》の戦士は彼らの指導者《リーダー》ではない。上司《ボス》でも主人でもない。

その命令に従わなければならない理由はないし、服従義務を負っているわけでもないが、真っ向から逆らうのは得策とは言いがたい。

それ以上に、この男たちの目的は何なのか。

なぜ自分に眼をつけたのか、それが大問題だった。


二人ともまずはとぼけて異口同音に訴えた。

「あんたたちは何者だ？　俺に何の用がある？」

「俺をさらっても身代金なんか取れないぜ」

男たちは答えなかった。

それどころか、三人のうち一人が何やら怪しげなものを手にして進み出た。

麻酔注射のようだった。

レティシアはここで素直に諦《あきら》めて、両手を上げて言ったのである。

「わかった。一緒に行くから乱暴はするなよ」

一方、ヴァンツァーはそう簡単には屈しなかった。

同行について条件を出した。

「あんたたちと行くのはかまわないが、そうすると俺は学校を休むことになる。今日は研究発表が一つ、大事な講義が二つ、提出期限の宿題が三つあるんだ。俺の意志ですっぽかしたと思われるのは我慢できん。一緒に来いと言うからには学校を休んでもおかしくないだけの理由をそっちで考えてもらおうか」

男たちは顔を見合わせてしまった。

この状況でこんなことを大真面目に言う高校生は極めて珍しかったからに違いない。

しかし、ヴァンツァーの言うことにも一理あった。生徒が登校途中に行方不明になれば、連邦大学は決して黙ってはいない。ただちに警察に通報する。そして警察は最優先で捜査を開始するはずだ。

ヴァンツァーを囲んだ一人が通信機を取り出して、どこかに連絡した。

機械の向こうから小さな声が聞こえてくる。

「おはようございます。こちらはプライツィヒ高校代表受付です」

こんな早朝にもちゃんと人間の受付が対応する。

男はせいぜい緊迫《きんぱく》した声をつくって言った。

「こちらは総合病院です。そちらのヴァンツァー・ファロットくんが救急で運び込まれました」

相手の声が緊張したものに変わる。

「生徒の容態は？　どんな状況なのでしょうか？」

「交通事故に巻き込まれたようですが、ご心配には及びません。傷自体はそれほどひどいものではなく、命に別状もありません。ただ、彼は頭を強く打っていまして、まだ意識が戻らない状態です。学生証を持っていたので、ひとまずご連絡した次第です」

「わかりました。ありがとうございます」

通信を切った男に、ヴァンツァーは皮肉に笑って言った。

「なかなかうまい言い訳だ」

「それでは、一緒に来てもらおうか」

ヴァンツァーは逆らわなかった。素直に男たちに従って歩き出したが、思い出したように質問した。

「連れていくのは俺だけか？　それとも——」

離れた場所で、レティシアもまったく同じことを男たちに訊いていた。

「——それとも、エクサス寮にいる俺と同じ名前のもう一人もか？」

男たちはやはり答えなかった。

顔色を変えもしなかったが、そこはレティシアもヴァンツァーもただの少年ではない。

質問をぶつけた時の本人も意識しない表情の変化、あるいは気配の揺らぎを見逃したりはしない。

これで二人とも完全に腹が決まったのである。

自分たちの共通点は同じ寮に暮らし、同じ名字を名乗っていること。

だが、同じ名前というのならサンデナンの銀色も含まれるはずだ。

あの銀色を勘定に入れずに自分たち二人となると、まさか同じエクサス寮生という理由ではあるまい。

考えられるもっとも大きな要因は一つしかない。

さらに、ごく限られた人しか知らないはずのその『共通点』をなぜこの連中が知っているのか。

考えられる理由はこれまた一つ。

ケリーから聞いた——もしくは本人の意に反して無理やり聞き出したかだ。

ならばその安否を確かめなければならない。

二人とも瞬時にそう判断した。

ケリーは無論、彼らにとっては赤の他人だ。

顔と名前を知っているくらいで、それほど親しいわけではない。詳しく話したこともない。

それでも、あの男はある意味、二人の仲間であり、純然たる『同族』でもあった。

何より、こんな男たちが自分の前に現れるということは既に我が身の問題でもあった。

男たちはすぐ近くに車を用意していた。

黒塗りの大きなリムジンだった。後部座席の窓も真っ黒な特別仕様である。

これでは外から覗《のぞ》いても中の様子は窺《うかが》えない。

中にいる人にも外の様子は見えない。

そのせいだろうか、二人は特に目隠しもされずに車に乗せられた。

レティシアの前に現れた三人も、ヴァンツァーを囲んだ三人も、ほとんど二人を警戒していなかった。

何と言っても、見た目はほんの少年である。

それに対して、運転手を含めれば屈強な男が四人、周りを固めているのだ。

抵抗しても無駄だと、暴れたところで逃げ出せるはずもないと威圧的な態度で示している。

そんなものに恐れを為す二人ではないが、至っておとなしくしていた。

車に乗っている間も、車が止まって下りるように言われた時も、何の抵抗もせず、黙って従った。

着いたところは宇宙港だった。

一般客とは別の通路を通り、送迎艇に乗せられて、すぐに出発となる。

二人は別々の男たちに連行されたので、送迎艇も別々だった。

ただ、二人とも、座らされた席のすぐ近くに窓があったので、何気なく外を見ていた。

離陸して間もなく、暗い宇宙空間が現れる。

やがて、小さな窓いっぱいにみるみる迫ったのは豪華客船かと見紛《みまが》うほど大きな宇宙船だった。

少なく見積もっても三十万トン級《クラス》の大型船だ。

それがちょっと意外だった。

二人ともあまり宇宙船には詳しくないが、こんな大型船は発進にも停泊にも時間が掛かることくらい知っている。船の図体に比例して、跳躍可能距離もそれほど長く取れないこともだ。

曲がりなりにも人をさらって逃げようというのにずいぶんおかしな選択をするものだと思った。

こういう場合は、小回りの利く快速船を使うのが定石ではないかという気がする。

少なくとも自分が人をさらって宇宙を逃げるなら、間違いなくそうする。

やがて送迎艇は大型船に速度を同調させ、両者の間には連結橋が渡されたが、これも不思議だった。

これだけの大型船ならこんな小さな送迎艇くらい、何隻でも収納できるからである。

もっとも、二人ともその疑問を口にはしなかった。

言われるまま連結橋を渡り、船に乗り込んだ。

乗り移ってみてわかったが、この級《クラス》の船にしては意外なほど人の気配がない。

必要最低限の人間しか乗り込んでいないらしい。

乗船すると、医療機械が出迎えて言ってきた。

「採血をします。腕を出してください」

検査のために血液を採取するというのだ。

ヴァンツァーはむっつりと押し黙りながら、腕を差し出した。

レティシアは露骨《ろこつ》にいやな顔をしたが、表だって抵抗はせず、機械に腕を任せた。

採血が終わると、男たちに再び周りを取り囲まれ、船室まで連れて行かれた。

二人はその船室で再会したのである。

「やっぱりな」

見慣れた顔に出くわしたレティシアが苦笑すれば、ヴァンツァーは無言で肩をすくめた。

二人が与えられた部屋には寝台が二つ並んでおり、バス・トイレがついていた。窓はない。

大型船はすぐには発進しようとしなかった。

一時間ほど経ってからようやく動き出した。

船室に入ってからはレティシアもヴァンツァーも寝台に座り、楽な姿勢でくつろいでいた。

船が目的地に到着し、再び部屋に現れた男たちに『出ろ』と言われるまで約七時間。

その長い時間、同じ部屋の中にいながら（しかも途中で一度、食事が出たというのに）二人は一言も言葉を交わさなかった。

その必要を感じなかったからである。

加えて、これだけ大きな船でわざわざ自分たちを同室にするからには、何か理由があるはずだった。

もし、自分たちに話をさせたかったのだとしたら、その思惑にむざむざ乗ってやることはない。

下りる時は送迎艇は使わなかった。

船室を出た二人は歩いて船から降ろされた。

そのまま天井が透明なカプセルのような乗り物に

乗せられる。

軌条《レール》に沿って乗り物が走り出した。

たちまち狭い建物を出て、開けた空間に出る。

軌条が高いところにつくられているので、まるで空中を飛んでいるような錯覚に陥《おちい》る。

それ以前に、眼の前に広がった光景に驚いた。

空には太陽が輝き、眼下には森が見え、彼方には青い水平線まで見える。

どう見ても地上の――居住可能型惑星の風景だが、あの大型船が惑星に降りるとなると大事《おおごと》である。

第一、そんな無茶な動きをしたなら、船内にいた自分たちが気づかないはずはない。

ここは間違いなく宇宙空間だ。

そこにつくられた施設の中なのだ。

二人とも今までオアシスに行ったことはないが、これはまさしくオアシス級の施設だと思った。

太陽も海も人工的につくられたもののはずだが、本物さながらの出来である。

一方、足下に見える緑は間違いなく本物である。

カプセルは空中をなめらかに進み、やがて速度を落として山の中に入った。

これももちろん人工の山だ。

入ってみると、山の内部はそっくりくりぬかれて、そこに巨大な建造物がつくられていた。

入り組んだ通路を白衣を着た人が行き来している。かと思うと屈強な戦闘員の姿も見える。

乗り物を下りた二人は今度は動く通路に乗せられ、さらに奥へと運ばれた。

最終的に行きついたのは妙に薄暗い部屋だった。

部屋全体が円筒形をしている。

ここまで彼らを囲んでいた男たちも下がって行き、室内には二人きりになった。

途端、正面の壁が左右に分かれて動き出した。

向こう側は眩《まぶ》しく、二人とも思わず眼を細めたが、何が起こっているのかを見逃したりはしない。

壁が動いても、間にはまだ強化硝子《ガラス》がある。

向こう側にも部屋があって、そこに誰かがいた。

椅子に座った老人のようだった。

眩しさが収まっても、二人は口を開こうとはせず、老人を観察していた。

椅子と思ったのは自動で動く車椅子だ。自力では歩けないらしい。

かなりの高齢で、しわくちゃの貧相な顔つきだが、眼だけは爛々《らんらん》と輝いている。

薄気味の悪い、何やら邪悪な楽しみに満ちた眼だ。

老人は二人をじっくりと眺めて、唐突《とうとつ》に言った。

「特殊軍兵士ではないらしいが、何者じゃ？」

二人は首を傾《かし》げた。無論わざとだ。

ここはどこなのかとも、おまえは誰かとも訊かず、レティシアはとぼけた調子で呟いた。

「特殊軍？」

ヴァンツァーもそのおとぼけに応じる。

「いいや、あながち外れてはいない。考えてみれば俺たちのいたところも特殊軍のようなものだ」

二人が素直に答えたことに老人は気をよくして、ますます楽しげに話しかけた。

「じゃが、おまえたちは西ウィノア特殊軍ではない。どの資料にも合致しない。東ウィノア軍兵士か？まだ生き残りがいたとは驚きじゃ。わしの毒ガスで殺してやれなかったのが未だに心残りだが、奴らの名簿まで確保することはできんかったからな」

この言葉はさすがにちんぷんかんぷんだったが、二人ともその思いを顔に出したりはしなかった。

レティシアが何食わぬ顔で尋ねる。

「あんたが俺たちを連れてきた責任者ってわけ？」

「いかにも、さようじゃ」

「急にこんなことされても困るんだよな。こっちは真面目な学生なんだからさ。用件は何なんだい？」

「なあに、訊きたいことがあったんじゃよ」

老人はにんまりと笑って言った。

「おまえたちはとっくに死んでおる、いわば生きた死体のようなものじゃと聞いたが、本当かな？」

話が早くて助かると二人は同時に思った。

思ったが、その感情をおくびにも出すことはなく、まずはレティシアは細い肩をすくめて笑った。

「俺は今の自分が死体だなんて思ったことはねえよ。腹も減るし、糞《くそ》も垂れる。時々は女も欲しくなる。これって立派に生きてるって言うんじゃねえの？」

「同感だ」

ヴァンツァーも、彼には珍しく微笑して頷《うなず》いた。

「今の俺たちを見て死体だとは誰も言わんだろうな。——一度死んだのは確かだとしても」

ストリンガーが眼を剝《む》いた。

「何じゃと？　今、何と言った？」

「気の毒に。耳が遠くなってるんだな、じいさん。俺たちは！　いっぺん！　死んだ人間なんだって！　聞こえたかい？」

レティシアにからかわれていることも気づかずにストリンガーはますます熱心に質問した。

「では、おまえたちの実年齢は何歳じゃ？」

「俺は自分の歳なんざ知らねえよ」

「俺も知らん」

まんざら嘘《うそ》でもなかったが、老人はそれでは満足しなかった。もしくは、自分の望む答えでなければ頭が受けつけないのかもしれなかった。

鋭い口調でさらに尋ねた。

「おまえたちは二人とも十六歳じゃというが、では、死んだ時はどのくらいの年齢だったのじゃ？」

二人ともまた首を傾げた。

「どのくらいって言われてもなあ？　今も言ったが、正確なところは本当に知らねえんだよ」

「しかし、いわゆる成人男性だったのは間違いない。おかげで身長がだいぶ低くなった」

ヴァンツァーが真面目にぼやけば、レティシアも真顔でそれを冷やかした。

「おまえ、十五センチくらい縮んでるんじゃねえ？　これからまた伸びるってことだよな」

「現に伸び続けている。おまえはあまり変わらないようだがな」

「そうでもないぜ。死ぬ前の身体だったらさすがに高校生っていうのはきつかっただろうよ」

老人は興味津々《しんしん》の様子で二人の話を聞いていたが、ここで口を挟んだ。

「わしが知りたいのはおまえたちのその身体が――以前の身体がどこにあるかじゃ」

二人ともきょとんと眼を丸くした。

これは芝居《しばい》ではない。

本当に意味がわからなかったからだ。

「じいさん。あんた、何か勘違いしてねえ？　前の身体が死んで使えなくなったから、俺たちがここにいるんだぜ」

「使えなくなったものは捨てるのが当然だ。あれはいわば抜け殻《がら》だ。取っておいても意味がない」

「おお……」

老人は感動に打ち震えている。

「では、おまえたちはそれを自覚しているのだな？　自らの死を――一度は死を迎えたことを！」

「当たり前だろう。今そう言ったばかりだろうがよ。やっぱり耳が遠くなってるな」

「それを承知の上で俺たちを連れてきたはずだぞ。今さら何を驚くことがある？」

老人は大いにはしゃいで膝《ひざ》を打った。

「死人に口なしと言うが、自分でしゃべってくれる死人とは手間が省けてありがたいわ。――わしはな、おまえたちの前の身体が欲しいんじゃよ」

二人はまたまた首を傾げた。

「前のって言っても……それこそ死体だぜ？」

「そうとも。その通り。その死体が必要なんじゃ。多少腐乱していても焼灼《しょうしゃく》されていてもかまわん。どこにある？」

「腐った死体が欲しいとは変わった年寄りだ」

ヴァンツァーが呆《あき》れたように言い、レティシアはまた肩をすくめた。

相手が何を欲しがっているかわかったからには、

交渉開始である。

「教えてやってもいいけどさ。俺たちより先に来た、のっぽの兄さんがいるだろう」

「確かにおるが、それがどうした？」

「どうしたじゃねえよ。会わせてくれっての」

レティシアは困ったように笑って、絶妙の呼吸でたたみ込んだ。

「そのくらいの融通を利かせてくれてもいいだろう。何しろ俺たちはこの世で三人しかいない『いっぺん死んだ組《ぐみ》』なんだからよ」

「ふむ……」

老人は二人を見つめながら何やら思案していたが、答えを寄越す前に元通りに壁が閉まった。

それとほとんど同時に背後の扉が開き、男たちが入って来た。

二人はまた屈強な男たちに囲まれて、入り組んだ通路を奥へと進んだ。

さらに昇降機を使い、身分証明の必要な扉を通り、ものものしい雰囲気の部屋に連れて行かれた。

今度の部屋は広かった。

一流ホテルのような内装でもあった。

大きな窓の外いっぱいに宇宙空間が見える。

ケリーはその部屋でくつろいでいた。

実際、くつろいでいるとしか言いようがなかった。

ゆったりしたガウンを纏《まと》い、革張りの椅子に座り、卓には最高級の酒瓶と贅《ぜい》を凝らした肴《さかな》が並んでいる。

そこにはもう一人、白衣を着た男がいた。

ケリーを相手に何やら質疑応答していたようだが、男たちを見て黙って立ち上がった。

書類を抱えて、一礼して引き下がる。

二人をここまで連れてきた護衛の男たちも黙って部屋を出て行った。

一方、ケリーはレティシアとヴァンツァーを見て、酒杯を持った片手を上げて笑いかけたのである。

「よう、一杯やるか？」

あまりにも呑気に（脳天気に）挨拶《あいさつ》されたので、

二人のほうが拍子抜けした。

ヴァンツァーは深いため息を吐き、レティシアは芝居ではない本気の呆れ声で言った。

「何やってんだよ、あんた?」

「質問に答えていたところだ。本当に本人かどうか、俺しか知らないことをいろいろ訊くっていうんだが、息子の中学時代の成績なんざ、親でも覚えてないぜ。何せ三十年も前の話だ」

「酔っぱらってるんでなけりゃ、こっちの質問にもちゃんと答えてほしいね。——何をしてるんだ?」

「今のところ何もしてない。おまえたちが来るのを待ってたのさ」

「だから、何で俺たちを巻き込んだんだよ?」

この男が自分たちのことを話したのは間違いない。

さもなければ、あの老人が自分たちに辿《たど》り着けるはずがない。

この男が口を割るからには、何かよほどのことがあったのだろうと思いきや、この様子では自分からしゃべったらしい。

ケリーは機嫌よさそうに喉《のど》の奥で笑い、手の中で酒杯を転がしている。

「しょうがねえだろう。こっちが本当は死人だってことを証明しろっていうんだからよ」

レティシアはげんなりした顔になった。

この男が理由もなく囚《とら》われの身に甘んじ、こんな好き勝手を許すはずがない。それがわかっていても、さすがに非難の色を抑えきれなかった。

ヴァンツァーのほうはもっとひどい。

先程から彼の機嫌は下降の一途を辿っていた。

今や巨大な低気圧が上空にどっかと居座っているような有様だ。

濃紺の眼には蔑《さげす》むような光がある。

声に至っては既に氷点下の冷たさである。

「今日は大事な講義があった。研究発表も宿題もだ。全部すっぽかす羽目になったぞ」

「悪いな」

ちっとも悪いと思っていない口調でケリーは言い、二人を見上げて笑ってみせた。

「実を言うと、ちょっと手伝ってほしくてな」

「俺たちに？」

「この状況で何をしろと？」

「そりゃあ、決まってる。おまえたちの専門分野で一働きしてほしいのさ」

瞬《また》きする間にヴァンツァーとレティシアは互いの眼と眼を見交わした。

外で聞いている人間には意味不明の言葉だろうが、二人にはそれで充分だった。

ケリーはさらにおもしろそうに言う。

「俺は残念ながら拝ませてもらったことはないが、かなりのものだと金色狼《おおかみ》に聞いたぜ。その実力を存分に発揮してもらおうと思ってな」

世間話でもするようなのんびりした口調だったが、ここまでくれば二人にもわかる。

唇には笑みを浮かべていても、その微笑は冷たく、琥珀《こはく》の眼には自分たちではない何かが映っている。

ヴァンツァーが訊いた。

「対象は？」

「全員だ。ここにいる全員、一人残らず」

恐ろしい意味を持つ言葉だった。

しかし、ヴァンツァーもレティシアもその言葉の意味を——本気で言っていることも即座に理解した。

同時に、だから今までおとなしくしていたのかといやでも悟った。

ヴァンツァーは何とも言えない顔つきで沈黙して、レティシアは面倒くさそうに肩をすくめた。

「簡単に言ってくれるけどよ、かなりの数だぜ」

「何人ぐらいだ？」

「こっちが訊きたい。あんたのほうが詳しいだろう。普通、オアシスっていうのはどのくらい人間がいるもんなんだ？」

ケリーは不思議そうに問い返した。

「この『館』は私設のオアシスか？」

「だと思うぜ。内側の空に太陽が照ってて海のある宇宙拠点《ステーション》が他にもあるなら話は別だがよ」

「そうすると、少なく見積もっても百人から二百人、あるいはもっと多いかもしれんな」

ケリーはあくまで真面目に考えて話している。

その眼に浮かぶ光は、ファロットの二人にとって見慣れたものだった。

怒りや憎しみといった荒々しい感情が表れているわけではない。そんな感情の動きはどこにもない。どこまでも冷たく、あくまでも鋭く、鏡のようにただ破滅だけを映している。

二人はこの眼を知っていた。

どんな時に人がこんな眼をするのか、二人はよく知っていたのである。

レティシアはわざと悪戯《いたずら》っぽく笑ってみせた。

「けどよ、兄さん。俺たちは玄人《くろうと》だぜ。ただ働きはやらねえよ」

「元玄人だろう？　現役だなんて言ったら金色狼が怒るぜ」

ケリーも今度は本当に笑って言い返した。

「第一、俺はおまえたちに依頼をするつもりはない。これは仕事なんかじゃない。俺たちが生きるために、やらなきゃならないことだっていうだけさ」

二人はしばらく黙っていた。

言葉にはしなかったが、ケリーの指摘は正しいと二人とも客観的に判断していた。

自分たちはありとあらゆる自然界の法則に逆らい、常識では信じられない反則技によって今ここにいる。

あの黒い天使も黄金《きん》の戦士もそのおまけの銀色も、さらに言えばこの男の妻も、その辺はまったく気にしない強靭《きょうじん》な神経の持ち主だ。

だが、気になる人間はとことん気にするだろうということはわかる。ダン・マクスウェルがいい例だ。直接聞いたわけではないが、二人ともあの船長とこの男との関係を既に悟っていた。

ややこしいことになったのだなと思いはしたが、

それは彼らの家庭の事情である。

　自分たちの関与することではないと思って黙っていた。ダン・マクスウェルもこちらを気に掛けてはいるようだが、必要以上に干渉しては来なかった。

　そんなふうに気にしながらも放っておいてくれる相手なら問題ないが、あの車椅子の老人はそれとはわけが違う。

　この『館』を見てもありあまるほどの財力があり、権力もある。高校生を白昼堂々と拉致する程度には法を無視して憚《はばか》らない上、こちらの秘密に興味津々、その奇跡を喉から手が出るほど欲しがっている。

　どうすべきかは明らかだった。

　ヴァンツァーはそれでもまだ納得できないようで、苦い息を吐いた。

「不本意だな。あんたが余計なことを言わなければ、俺たちは巻き込まれたりしなかったはずだぞ」

「そこんところは勘弁してもらいたいね。一人じゃちょいと厳しかったんでな」

　レティシアが、すうっと眼を細める。

　本当か？　とその顔は問いかけている。

　はっきりわかるような仕種だったのに、ケリーはかまわず、ヴァンツァーに向かって言った。

「面倒を掛けるお返しに——そうさな。そっちさえよかったら、共和宇宙経済界の暗黙の了解と裏事情なんてのを話してやろうか？」

　ヴァンツァーは真顔で身を乗り出した。

「……それはクーア財閥元総帥としての見解か？」

「おうよ。自分で言うのも何だが、経済を勉強する学生にとっては得がたい教材になると思うぜ」

　まさにそのとおりだと知っているヴァンツァーはただちに変説して頷いたのである。

「そういうことなら協力しよう」

　レティシアが吹き出した。

「現金な奴だなあ、おまえ」

「他では学べない勉強の機会はどんなものであれ、有効に生かすべきだ」

「それが現金だってんだよ」

飴色《あめいろ》に輝く猫の眼にからかうように見つめられて、ヴァンツァーはさすがに居心地悪そうに眼を背《そむ》けて身じろぎした。

ケリーは酒杯を手に楽しそうに笑っている。

部屋の隅で機械の作動音が響いた。

壁の一面が静かに左右に開いていき、強化硝子の向こうから車椅子の老人がこちらを窺っていた。

「話はまとまったかな？」

「――と、思うぜ。どうだい、お二人さん」

妙に楽しそうなケリーにつられて、レティシアもヴァンツァーも苦笑して頷いた。

「あんたが俺たちの親分なら『うけたまわった』とかしこまって言うところだが……」

「この場合は『了解』と言うのが正しいだろうな」

「上等だ」

老人は彼らの相談ごとには興味がないらしい。

相変わらず一人ではしゃいでいるような様子で、両手をもみ合わせた。

「さて、それでは答えてもらおうか。おまえたちの前の身体はどこにある？」

レティシアは気の毒そうな顔で言った。

「期待させといて悪いけどよ。俺の身体はどこにもないと思うぜ。その辺はあんまり覚えてないんだが、死んだ直後に分解されて消えたらしい」

ヴァンツァーが淡々と後を受ける。

「比べると、俺の身体は木の下に埋められたそうだ。掘り返せば骨くらいは出てくるだろうが……」

「場所は⁉」

老人は眼を血走らせて訊いたが、ヴァンツァーは首を傾げた。

「……と言われてもな。ペンツェの村外れだったと思うが、詳しいことは知らん。何しろ、埋めたのは俺ではないからな」

普通、自分の死体は自分では埋めない。

ストリンガーは誰が埋めたのだとは訊かなかった。

それを訊けばよかったのだ。

そうすればヴァンツァーは素直に答えただろうに、ストリンガーはその質問を思いつかなかったのだ。

無理もない。これほど淡々と言うからには埋めた相手のことはよく知らない――もしくは何の感情も持っていないと思うのが自然である。

ストリンガーの興味もそんなところにはなかった。

血相を変えて叫んだ。

「村の名などより先に星の座標を言え！」

「知らんな」

きっぱりとヴァンツァーは答えた。

「そんなものは俺は知らん」

「では、星の名は⁉」

「知らん。俺はそもそも、自分の住んでいる世界が球体であることも知らなかった。その球体に名前があることなど知る由《よし》もない」

「考えもしなかったっていうのが正しいだろうぜ」

レティシアが指摘した。

「だいたい名前っていうのは人間がつけるもんだ。空に見える星には名前をつけても、足下の地面までその星の仲間だなんて誰も知らなかったんだからな。正式な名前なんかついてないんじゃねえの？」

「そうだな。支配階級や学者連中でさえ、世界とかこの世とか呼んでいた。それで充分でもあった」

この言葉が理解できなかったのはストリンガーのせいではない。共和宇宙のほとんどすべての人間が理解できなかっただろう。

だが、ストリンガーは自分に理解できない言葉は排除する人間だった。

あくまでも納得できる答えを欲しがった。

それ以上に手の中にある獲物に反抗されるのなど許せない人間でもあった。皺《しわ》だらけの顔を醜悪《しゅうあく》に歪《ゆが》めて、二人を脅《おど》しつけた。

「隠したところで無駄じゃぞ。言わぬというなら、シェーカーに掛けて探り出してやるまでじゃ」

あいにく、この二人にその脅迫はまったく効果を発揮しなかった。

レティシアが平然と言う。

「それで気がすむんならやってみれば？　俺たちの頭ん中を覗いたところで何も出やしねえけどよ」

ヴァンツァーに至っては興味すら示した。

「その映像は自分でも見えるのか？　どんなふうに見えるのか一度見てみたいと思っていたところだ」

ケリーが笑いながら口を挟んだ。

「自分で直接見るのは無理だぜ。ただし、保存した映像を後で見せられることならあるけどな」

彼は既にシェーカーに掛けられ、記憶のすべてを暴かれていたのだろう。ストリンガーに皮肉な眼を向けて言った。

「この二人の記憶を覗き見したところで俺と同じだ。時間の無駄に終わるぜ」

老人は苛立《いらだ》っているのを隠そうとしなかった。

喉から手が出るほど欲しているものがまさに眼の前にあるのに、自分のものにできない。

これもまた彼にとっては許せないことだった。

「おまえたちは、揃《そろ》って一度は死んだ人間じゃ」

「だとしたら？」

ケリーが尋ねる。琥珀の眼には嘲笑《あざわら》う光がある。

その挑発に気づいているのかいないのか、老人は恐ろしく真面目に言った。

「一度は滅んだ身でありながら、おまえたちは再び生《せい》を得た。それもまったく新たな若い身体をじゃ。老いと死は人類にとって最後の脅威じゃった。その災難を克服したというのならば、おまえたちだけにそんな奇跡が許されてよいわけがない。わしにこそ与えられてしかるべきじゃ」

この宣言にケリーは笑いを浮かべることで応えた。

侮蔑の笑いだった。

「一つだけ断っておくぜ。こっちの二人はともかく、俺は好きで戻ってきたわけじゃない」

すると、少年二人がすかさず言ってきた。

「いや、似たようなもんだぜ。変な言い方だけどよ、生きても死んでも俺はどっちでもよかったんだ」

「……はたしてこんな非常手段に乗っていいものかどうか躊躇《ちゅうちょ》したがな。だからといって、感謝していないわけでもない」

ケリーは微笑して、ストリンガーに眼を戻した。

その時には再び冷ややかな笑いを浮かべている。

「おまえはその奇跡の恩恵にあずかりたいと言うが、皮肉なことに、生き返らせてほしいと望む人間には、それも浅ましいほど強く望む人間に限っては決して与えられない。——奇跡ってのはそういうもんだ」

「…………」

「何より、俺は命を玩具《おもちゃ》にした覚えはない。好きで戻ってきたわけじゃないが、現実に俺はここにいる。生きている以上は、可能な限り生きる努力をするさ。自分から進んで死ぬつもりはねえよ」

レティシアがすかさず頷いた。

「その意見に賛成」

「俺もだ」


まことに達観した理屈だった。

彼らは三人とも、二度目の生を生きていることを特別とは思っていない。

逆に今の自分を引け目に感じることもない。

過程がどうあれ、自分たちが今ここにいることは確かな現実だという信念が彼らにはあるからだ。

しかし、彼らが死の淵《ふち》から生還したのはクーアの科学力によるものだと信じているストリンガーにはさっぱり理解できない話だった。舌打ちして言った。

「まあよい。時間は充分ある。調べればいずれわかることじゃ」

開いた壁が再び閉ざされていく。

同時に部屋の扉が開き、外で待機していた屈強な男たちが入って来た。

無言で少年たちを取り囲み、部屋を出るようにと示してくる。

ヴァンツァーもレティシアも逆らわなかった。

素直に歩き出した二人に、ケリーは酒杯を持った手を軽く挙げて声を掛けた。

「じゃあな」

「ああ、こっちはこっちで適当にやる」

「その後はどうする？」

ここは宇宙空間である。肝心の脱出手段がないが、ケリーは低く笑って言った。

「まあ、なるようになるだろうさ」

二人は足を止めてケリーを見つめ返した。

この男について詳しく知っているわけではないが、二人ともさすがに何か変だと感じていた。

しかし、問い質《ただ》す暇はなかった。男たちが無言の威迫で迫ってくる。

再び歩き出すと、レティシアは小さく舌打ちして、ヴァンツァーに話しかけた。

「長引かせたくねえ。さっさと片づけるぜ」

隣を歩く細い肩の少年を、ヴァンツァーは黙って見下ろした。

『片づけよう』でもなく、『片づけたい』でもなく、『片づけるぜ』と断言する。

ヴァンツァーは昔、何度かこの若者と組んだ時のことを思い出していた。

その時と今とでは自分の感情もかなり違っている。

昔はどちらかというと苦手にしていた。

敵味方の区別なくふざけて斬りつけてくるような物騒な性格だったからでもあり、感情のわからない爬虫類《はちゅうるい》のようだとも思っていたからだ。

嫌悪感を感じたことも一度や二度ではない。

今でも何を考えているか摑《つか》めないが、少なくとも共通の目的を前にした時の彼は信用できる。

他の誰より信用できる。

ヴァンツァーはうっすら笑って頷いた。

「俺も早く帰りたいな。授業に遅れるのは困る」

「おお、学生の鑑《かがみ》だねえ」

レティシアが冷やかした。

9

ジャスミンは《パラス・アテナ》の操縦室にいた。

ピンクのスーツを脱ぎ捨てて、今はクインビーの飛行服を着ている。

保養所の通信室を見張っていれば、迎えの船から必ず連絡が入るはずである。

そこを狙って逆探知するつもりだった。

通信傍受の態勢を調えてじっと待機しているが、今のところ、その動きはない。

硬い顔のジャスミンにダイアナが話しかけた。

「少し休んだほうがいいんじゃない？」

「気にするな。わたしは大丈夫だ」

「スペンサーは今日これから来ると言っただけよ。どのくらいかかるかわからないわ」

連邦大学惑星には少なくない数の宇宙港がある。

当然、出入りする船の数も相当なものである。

しかし、今のジャスミンにそんな道理を説《と》いても無駄だった。とことん座った眼で言った。

「いっそのこと、惑星近海の船を片っ端から口説《くど》き落したらどうだ。そのどれかはストリンガーの息の掛かった奴に間違いないんだからな」

「無茶を言わないでちょうだい」

ダイアナはため息混じりの声で答えた。

暴走を始めたジャスミンを止められるのはケリーだけなのに、そのケリーがここにはいない。

「今は犯人がわかっただけでも収穫と言うべきだわ。《ピグマリオンⅡ》を撃った機体も突き止めなきゃならないし、今のところあなたの仕事はないのよ」

だが、それでもジャスミンは副操縦席を立とうとしなかった。

空っぽの操縦席をじっと見つめている。

ダイアナはほとんど懇願《こんがん》する口調で言った。

「あなたは生身なのよ。昨日から不眠不休で動いているんだから、少しは休まなきゃ駄目よ。ケリーがここにいたら、きっとそう言うわ」

苦笑したジャスミンだった。

「一日二日の徹夜で参るようなやわな身体はしていないが——わかった。何かあったら必ず起こせよ」

「あなたって、そういうところもケリーそっくり」

笑ったダイアナだった。

ところが、何とも間の悪いことに、ジャスミンが席を立った途端、ダイアナは通信を受信した。

《ピグマリオンII》からだった。

ジャスミンは再び副操縦席に飛びついたのである。

船からということは修理が終わったのだろう。

しかし、通信画面に映ったダンの背景はいつもの船橋ではなく、船室のようだった。

ダンは妙に硬い顔つきだったが、時間を無駄にはしなかった。単刀直入に用件に入った。

「彼が連れて行かれた場所の見当がつきました」

「本当か⁉」

「ええ。あれから友人全員に当たってみたんです。事情が事情ですから多少、強引に。わたしのことを誰かに話さなかったかと」

「それで正直に白状したのか？」

「むしろ、友人のほうが、何かまずいことになっているのではないかと案じていたようです。近々連絡しようと思っていた矢先だったと話していました」

その友人の名はハーヴェイという。

ダイアナの調べでは投資顧問会社の幹部社員だ。

二年ほど前、ハーヴェイは酔ったはずみもあって、ダンのことをうっかり知り合いに洩《も》らしてしまった。

その知り合いが連邦大学の同級生で、昔のダンを知っていたのが口の緩《ゆる》んだ大きな原因だったらしい。

ダニエル・クーアは実は死んでいない。こういう名前で生きているんだと話してしまったのだ。

正気に戻った時は青くなったが、その知り合いも口の堅い人物だし、今のクーアは血筋とは無関係の役員たちによって運営されているのだから、ダンに被害が及ぶことはないと思って黙っていた。

「ところが、この二、三日です。ハーヴェイの元にその知り合いから頻繁《ひんぱん》に連絡が入り、昔のわたしのことを根掘り葉掘り訊かれるというんです」

「昔のおまえ?」

「ええ、当時の交友関係や、運動会の成績などをね。四十を過ぎた男が持ち出す話題にしては奇妙です。しかも相手の様子はハーヴェイが首を傾《かし》げるほど、熱心らしい」

「その知り合いの名は?」

「訊いてみましたが、ハーヴェイも本来は口の堅い男ですから、どうしても言おうとしません。そこで鎌《かま》を掛けてみました」

ダンはちょっと笑った。

「その知人は医療企業関係者ではないかと訊いたら、やっと白状しましたよ。アルトラヴェガの社員だと。それも普通の社員ではない。極めて成績優秀とかで、今ではストリンガー相談役の直属だというんです」

「相談役の直属?　個人的に雇われているのか?」

それでは業務とは言わないはずだが、ダンは首を振った。

「ストリンガーという人物は極端な秘密主義者で、滅多なことでは他人を信用しません。逆に使えると判断した相手は自分の館に抱え込むことで有名です。腹心の部下は常に眼の届くところに置いていないと安心できないらしい」

ダンはもちろん、ジャスミンが突き止めたような事実は知らない。

しかし、ケリーがアルトラヴェガの社員に対する暴行疑惑を掛けられ、行方不明になった。

時を同じくして自分の少年時代をしつこく尋ねるアルトラヴェガ社相談役の手飼いがいる。

これが偶然であるはずがないと判断した。

「わたしも辺境を飛んで長いので、ストリンガーの館のことは何度か耳にしたことがあります。何でもオアシスを丸ごと改造した宇宙基地だというんです。見たものは誰もいませんが、この辺にあるらしいという噂《うわさ》だけなら聞いています」

「どこだ⁉」

ダンが告げたのは、辺境に位置する星系だった。

ベッカリア星系と名前はついているが、航路から大きく離れた宙域にある。

付近には居住可能型惑星も有資源惑星もない。

当然、訪れる船はまったくない。

本当の僻地《へきち》なのだ。

だから、ダンも最初この噂を聞いた時、本気にはしなかった。

「そんなところに拠点を置いても不便で仕方がないはずですから。中央銀河と往復するのも一苦労です。しかし、言い換えれば、それだけに見つけやすい」

ダンは端整な顔に決意を込めて言った。

「わたしは現在、ベッカリア星系まで百八十光年の宙域にいます。この船の性能なら一度の跳躍で辿《たど》り着けます」

「待て。ダニエル。わたしもすぐに合流する」

ダンは首を振った。

「遠すぎます。ベッカリアは連邦大学から七千光年。《パラス・アテナ》がどんなに速い船でも最低でも十日はかかります。そんなには待てません」

「ダニエル！」

ジャスミンは叫んだ。

「馬鹿な真似はよせ！　おまえの船を撃たせたのがストリンガーなら、機影隠匿《いんとく》性能の機体を握ってる。《ピグマリオンII》一隻で何ができる！」

しかし、ダンは厳然と言ったのである。

「わたしは船乗りです。船乗りが船を傷つけられて、黙って引き下がれると思いますか」

ジャスミンにして、返す言葉がなかった。

彼女自身も戦闘機乗りだったからだ。

船乗りとは少し違うが、自分の分身であり自分の命を預けられる相棒を持っている。

母親を安心させるようにダンは微笑した。

「ご心配なく。無闇に突撃したりはしません。ただ、敵がはっきりしたからには詳しく調べる必要がある。行動を起こすのはそれからです」

「待て！」

遅かった。

ダンは既に通信を切ってしまっていた。


《ピグマリオンⅡ》の船橋は、定位置に戻ってきた船長を迎えて順調に航海を続けていた。

船橋の顔ぶれは操縦士のトランク。機関士のタキ。航宙士のジャンク。

みんなダンとは二十年以上組んでいる仲間たちだ。

《ピグマリオンⅡ》はこの船ならではの機動性能を発揮して、ベッカリア星系外縁に出現していた。

遥《はる》か彼方にぽつんと小さく太陽が見える。

この星系には十二個の惑星があるが、ほとんどがガス状惑星である。

問題はここからだった。

一口に星系と言っても、その広さは端から端までおおよそ百二十億キロメートル。

直径五キロメートルの球体をこの中から探すのは大海原の底をさらって小石を見つけるにも等しい。

闇雲に飛び回ったところで、百年経っても目的の小石には辿り着けない。

本当に拠点があるなら必ず人の出入りがある。

通信波のやり取りがあるはずである。

まずはそれを突き止めるところから始めなくてはならなかった。

スクリーンに映るのは寒々とした宇宙空間である。

素人目《しろうとめ》には、宇宙船で混雑するにぎやかな宇宙も、人気のない荒涼とした宇宙も区別がつかない。

船室から見る限り同じように見えるが、船乗りの彼らには見紛《みまが》いようがない。

人間のいるところ、船の往来の激しいところなら、探知機も通信機も忙しいくらい働くのに、ここではどちらも完全に沈黙している。

果てしなく広大な宇宙空間に自分たちの船だけがぽつんと存在している。

何とも言えない心許なさが迫ってくるが、辺境を旅する彼らにとって、その感覚は馴染みのものでもあった。今さらその状況に怯《ひる》んだりはしなかったが、もっとも若いジャンクが疑問の口調で言った。

「噂だけなら聞いてるがよ。本当にこんなところに拠点なんかつくるか？」

大男のトランクが操縦席で伸びをしながら言った。

「だから今まで誰にも見つからなかったと言えるぜ。ここまで跳ぶのも一苦労だ。こんなところまで来て噂を確かめようとする物好きはいねえからな」

「ゾーン・ストリンガーか。秘密主義の変人として、何かと噂だけは多い人物だが……」

不思議そうに言ったタキは仲間内では一番年長で、穏やかな性格である。

そのタキが首を捻《ひね》ってダンに話しかけた。

「なんだってその変人がこの船を攻撃したりする？それも最新鋭の見えない機体なんかで」

当然の疑問だが、彼らの船長は短く答えた。

「訊くな」

タキもジャンクもトランクも無言でダンを見た。

ダンは彼らの顔を見ようとはせず、黙っていた。

自分には船長として彼らを納得させる義務がある。

それはよくわかっていたが、本当のことはとても言えなかった。

父親の巻き添えを食ったこと。その父親はとうに死んだはずであること。だが、自分より遥かに若い姿で、今も間違いなく生きていること。その父親が『生前』はクーア財閥総帥であったこと。

ダンは内心で深いため息を吐いていた。

何もかもどれもこれも——あまりにも荒唐無稽《こうとうむけい》だ。

到底、信じてもらえるとは思えない。

第一、これを話そうと思ったら、自分の素性まで話さなくてはならなくなる。

考えるだけで寒気がする。

仲間たちの視線に応えるかたちで、ダンは慎重に言葉をつくった。

「詳しいことは言えないが、その変わり者の老人がこの船を撃たせたのは間違いないんだ」

「確かか?」

「ああ。確かだ」

「だったら、それでいいや」

ジャンクがあっさり言った。

四十を過ぎても血の気の多い彼は、難しいことを考えるのは船長に任せるとばかり、自分の担当する計器に集中し始めた。

トランクもタキも気持ちは同じである。

タキはこの頃白いものの混ざり始めた頭を掻《か》いて、のんびりと言った。

「何で俺たちがそこまで恨まれたのかとも思うが、やられた分はきっちり返さないとな」

トランクも大きな手で制御卓を指した。

「ちょいと移動してみるか? 微々たるもんだが、通信波を拾う範囲くらいは拡大できるだろう」

「ああ、そうだな」

ダンも頷《うなず》いて、発進を指示した。

ショウ駆動機関《ドライヴ》を使用するにはまだ時間が掛かる。

通常航行ではたいして移動することはできないが、一カ所にじっとしているよりはましである。

《ピグマリオンII》は動力炉を止めて停泊していたわけではないから、すぐに航行を開始した。

行き先はとりあえず星系の内側ということにする。

大ざっぱな話だが、それもいつものことだ。

巡航速度に乗せて、本格的に飛び始める。

反応のないまま三時間が経過して、第十一惑星の軌道付近に差し掛かった時だった。

計器を見ていたジャンクが叫んだ。

「前方から船影接近! 五万トン級!」

「ちぃっ!」

トランクが舌打ちして即座に反転する。

こんな僻地に船がいるわけがない。いるとしたらそれこそストリンガー絡《がら》みの船しかあり得ない。

ここで拿捕《だほ》されるわけにはいかなかった。

撃沈されるのはもっとお断りだ。

《ピグマリオンII》は快速を生かして振り切ろうとしたが、相手もみるみる迫ってくる。

航宙士のジャンクが仰天して眼を見張った。

「なんだ、こいつ⁉」

「跳躍準備！」

形勢不利と見て、ダンが叫んだ。

本当はもう少し時間をおきたかったが、背に腹は代えられない。タキがその操作に入った時、追ってくる船から通信が入った。

それを繋《つな》いだ途端、船橋に怒声が響いた。

「止まれ！ 《ピグマリオンII》！」

ダンは座席からひっくり返りそうになった。

七千光年彼方にいるはずの人の声だったからだ。

「止まらんと攻撃するぞ！」

船橋では、突然女性の声で怒鳴《どな》られた仲間たちが絶句している。

映像は送ってこない。音声のみの通信だが、この迫力は並大抵のものではない。

機関士のタキが船長の指示を待たずに黙って跳躍操作を中止したくらいだ。

まさかお母さんともミズ・クーアとも呼べずに、ダンはほとんど悲鳴を発した。

「ジャスミン！」

「間に合ったか……この馬鹿め！」

ジャスミンの声もほっとしているようだったが、続いて厳然と言ってきた。

「こちらは《パラス・アテナ》だ。《ピグマリオンII》に減速を要求する。――だいたいおまえ、その船一隻でガーディアン相手に戦えると思うのか？」

ダンは聞いていなかった。絶叫した。

「どうしてここにいるんです！」

どんなに改良したショウ駆動機関《ドライヴ》を搭載しても、

どんなに腕のいい操縦士が船を駆使したとしても、この短時間に七千光年を移動することなど物理的に不可能なはずだった。

しかし、ジャスミンは笑って言ったのである。

「この船が誰の船か、忘れたか？」

ダンは頭を抱えて呻《うめ》いた。

今度はダイアナの声が笑いながら言ってくる。

「ベッカリアと聞いてすぐにわかったわ。ここには《門》《ゲート》がある。しかも、わたしでも跳べる程度には状態のいい《門》《ゲート》がね。ストリンガーの船はそれを使って中央銀河まで行き来しているのよ」

ますます頭を抱えてしまったダンだった。

一方、船長以外の三人は呆気《あっけ》にとられていた。

操作を中止したタキが茫然《ぼうぜん》と呟《つぶや》く。

「《門》《ゲート》だって？」

操縦席ではトランクが眼を丸くしている。

「特定航路でもないのにか？」

最後にジャンクが全員の意見を締めくくった。

「まさか……今時、重力波エンジンを積んでるっていうのかよ？」

この呟きが向こうにもしっかり聞こえたらしい。

「うまいところに眼をつけたわね。ほとんどの船が重力波エンジンを下ろした現在、《門》《ゲート》は意外にも絶好の近道よ。場所を知っていれば、跳ぶことさえできれば、一瞬で距離を稼げる」

ジャスミンの声が後を続けた。

「おまけに、ここと中央銀河を結ぶ《門》《ゲート》があることは誰も知らないときている」

かつて《駅》《ステーション》のあった場所は、今でも宙図にきちんと記載されている。

《門》《ゲート》周辺宙域は何かと不安定で、船の運行にも影響を及ぼすことがあるからだ。

しかし、ベッカリアには《駅》《ステーション》はなかった。

当然、宙図にも記載されていない。

ストリンガーがどこでこの《門》《ゲート》を知ったかは不明だが、これ幸いとばかりに利用したわけだ。

《パラス・アテナ》は《ピグマリオンⅡ》に速度を同調させて横に並んだ。

再びジャスミンの声が言ってくる。

「船長。ちょっとここへ来い。大事な話がある」

連結橋を出すから渡ってこいと言うのである。

ダンはため息を堪《こら》えて立ち上がった。

仲間たちがいっせいに疑問の眼を向けてくる。

その無言の問いにダンは背中だけで『訊くな』と言い返した。

もっとも、その背中には多分に『頼むから訊いてくれるな』という哀愁が漂っていた。

連結橋を渡って《パラス・アテナ》に乗船すると、搭乗口にジャスミンが立ちはだかっていた。

思わず回れ右したくなるのを懸命に抑える。

ジャスミンは年上の息子の正面に立ち、その顔を見下ろしながら真顔で言った。

「わたしは待てと言ったぞ」

押しつぶされそうな迫力だったが、ここで負けるわけにはいかない。

ダンは精一杯胸を張って言い返した。

「お言葉ですが、これはわたしが売られた喧嘩《けんか》です。あなたに止める権利はありません」

「違う」

「何が違うんです？」

今度はジャスミンが吐息を洩らし、困ったように真っ赤な髪を掻いた。

内線画面にダイアナが現れて話しかけてくる。

「立ち話も何だから、二人ともとりあえず座ったら。居間へどうぞ。ダンは珈琲《コーヒー》？　ウイスキー？」

「珈琲を」

反射的に答えて、その顔を見つめたダンだった。

前に見た時と感じが違うと思ったら、ダイアナは服を替えていた。髪型も違う。

そもそも薔薇色《ばらいろ》の頬《ほお》といい、青く輝く瞳といい、とても単なる映像には見えない。

まじまじと見つめていると、ダイアナは瞬《またた》きして、可愛らしく首を傾げた。

「なあに。わたしの顔に何かついている？」

「いや、何でもない。とても感応頭脳とは思えない美人だと思っただけだ」

ダイアナはにっこり笑って手を叩いた。

「まあ、嬉しい。だけどわたしを口説いても無駄よ。わたしはケリーの船なんだから」

「俺にも《ピグマリオンⅡ》という最高の船がある。申し訳ないが、口説く気はないよ」

ダイアナは感慨しきりの様子で頷いた。

「あの小さな男の子がいつの間にか一人前のことを言うようになるんだから、時間って、すごいわ」

ジャスミンはダイアナが居間と呼んでいる部屋にダンを案内した。

その途中、ダンはじっくり《パラス・アテナ》の内部を観察していた。この船に乗るのは二度目だが、前の時は何かとごたごたしていて、ゆっくり眺める暇もなかったのである。

この船は間違いなく海賊王の船だった。

こんな小さな船体にショウ駆動機関《ドライヴ》と重力波エンジンを積んでいるのだからまさに驚異である。

現在、その両方を搭載して宇宙を飛んでいるのはマースの空母と輸送艦くらいのはずだった。

「まあ、座れ」

ダンに椅子を勧め、自分も向かいに座ったものの、ジャスミンはうつむきがちに黙っている。

珈琲が運ばれてきても、手をつけようとしない。

どう話せばいいかためらっているようにも見えて、ダンのほうが面食らって話しかけた。

「お母さん」

「なんだ？」

「どこか具合でも悪いんですか？」

真面目な雰囲気をぶち壊す息子に、ジャスミンは眼を剝《む》いた。

「なんでそうなる⁉」

「あなたが言い淀《よど》むところなど初めて見たので」

「……恐いもの知らずの息子だな」

ジャスミンは呆《あき》れて苦笑したが、身体を起こすと、一転して真顔になった。

「わたしの一存で話していいものかどうか迷ったが、おまえの父親のことでもある。——この際、言っておいたほうがいいんだろうな」

大仰《おおぎょう》な前置きである。

不審に思いながらも話を聞く姿勢になったダンに、ジャスミンは意外なことを言ってきた。

「おまえ、自分の祖父母を知っているか？」

「もちろんです」

何を言うのかとダンは思った。

「わたしが生まれた時には二人とも故人でしたが、あなたの両親のことなら知っています。父のほうは一度も聞いたことがありませんが……」

「そうだ。わたしには血のつながった両親がいるが、あの男にはいない」

ダンは不思議そうな顔になった。

「いなくてもおかしくないと思いますが。あの人が小さい頃に亡くなったのでしょう？」

「そういう意味じゃない。最初からいないんだ」

ますます首を傾げたダンに、ジャスミンは大きく息を吐くと、まっすぐ息子を見つめて言った。

「ウィノア特殊軍という名前を聞いたことは？」

「名前だけなら知っています。辺境を飛んでいると自然と耳に入ってくる話の一つです。国家の指導で遺伝子操作と大量虐殺《ぎゃくさつ》が行われたとか……」

「おまえの父親はそのウィノア特殊軍兵士だった。正確には西ウィノア特殊軍だ」

ダンは絶句した。

まさに愕然《がくぜん》として母親の顔を見つめてしまった。

「ウィノア特殊軍兵士は複数のＤＮＡを組み変えることによって誕生する。だから両親を特定できない。生まれた時から両親はいない。——そういう境遇の人間なんだ」

「まさか。そんなはずはない！　特殊軍兵士は全員殺されたはずです！」

「そうだ。東西合わせて十万人が無惨にも殺された。生き延びたのは恐らく、あの男一人だけだ」

返す言葉がないとはまさにこのことだ。

ダンは茫然と椅子に座り込んでしまった。

「ですが……あれは、ウィノア特殊軍兵士の虐殺はもう六十五年も前のことですよ」

「そうだ。とうの昔に終わったことだと、わたしは思っていた。あの男もだ。ところが……」

ジャスミンは深々と息を吐いた。

「ダイアナが五十年前の取材記事をひっくり返してようやくわかったんだが、ゾーン・ストリンガーは西ウィノアの出身だそうだ」

「…………」

「特殊軍に関わっていたかどうかまでは不明だが、無関係のはずがない。あの男はとても怒っていると、ルウは言っていたからな」

「…………」

「もし、ストリンガーが西ウィノア特殊軍の虐殺に何らかの影響を持っていた人間なら――わかるな？　おまえが売られた喧嘩どころの騒ぎではないんだ。すべての決着はあの男がつける」

断言して、ジャスミンは強い眼で息子を見た。

「たとえおまえだろうと、あの男の邪魔はさせない。わたしが許さない」

ダンはまだ放心状態から抜けきれないでいた。

ウィノア特殊軍。

その言葉から連想されるさまざまな情報が脳裏を駆けめぐった。

国家につくられた操り人形。生きた殺戮《さつりく》兵器。

生まれた時から特殊軍に所属させられて、思想の自由も行動の自由も許されずに、命を賭《か》けて道化を演じさせられたあげく虐殺された数多《あまた》の兵士たち。

どんな連鎖反応か、ダンは遠い昔、父に言われた言葉を思い出した。

「クーアの総帥にはなりたくないと言った時……」

「うん？」

「連邦大学に入る前のことですが、少しわがままを言ったことがあるんです。自分にはやりたいことがあるのに、クーアの跡取りに生まれたというだけで進路を決める自由もないのかと。そうしたら……」

ほろ苦く笑ってダンは言った。

「おまえはどこかに閉じこめられているわけでも、見張られているわけでもない。移動や会話の内容を制限されているわけでもない。殺されると威《おど》されて意に添わないことをやらされているわけでもない。

——それでも自由がないのかと父に叱られました」

ちょっと笑ったジャスミンだった。

「自由がない、か。そんなふうに思ってたのか？」

「子どもの考えることですから。当時のわたしにはクーアの名はかなり重苦しくて。お母さんはそんなふうに思ったことはありませんでしたか？」

「それこそ、そんなことを考える暇はなかったな」

ジャスミンは言って、話題を戻した。

「わたしにはそれほど悪い暮らしでもなかったと、あの男は言ったぞ。出撃は週に一度と決まっていて、何より子どもには遊びも戦闘も区別がつかないと。仲間の誰かが死なない限りは、特にそうだと」

ダンは身を乗り出した。

「そのことです。子どもと言っても、あの人は当時、いくつだったんです？」

「十三歳か、下手をしたら十二歳だろうな。十四歳より上ということはなかったはずだ」

「それなら出撃と言っても、恐らく訓練ですね」

そんな年齢で兵士として戦っていたはずはないとダンは考えたのだろうが、ジャスミンは首を振った。

「ウィノア政府の記録によるとだ。彼らは男女とも七歳にもなれば実戦に出されていたらしい」

今度こそ眼を剝いてしまったダンだった。

「七歳！」

「さすがに戦闘機には乗れないだろうが、宇宙船の砲手なら充分務まる。白兵戦なら武器を軽量化して狙撃手あたりに使えばいい。もちろん普通の七歳の子どもには到底、無理だろうが、幸か不幸か彼らは普通ではなかった。遺伝子操作をされていたことを言っているんじゃない。生まれた時から戦うことが当然だと義務づけられ、その歳で戦場に出ることを疑問に思わない教育をされた子どもたちだったんだ。当時十二歳だったとしても、最低五年の実戦経験があったことになる」

それはつまり、最低でも五年に亘《わた》って人を殺した――殺し続けた経験があることを意味している。

ダン自身、十三歳の息子の父親である。

息子が六年前からそんな境遇に置かれていたらと考えると、顔色を変えて叫ばずにはいられなかった。

「そんな子どもに殺し合いをさせることにいったい何の意味があるんです⁉」

「だからウィノア政府は当時、徹底的に世間に非難されたのさ」

ジャスミンの眼には暗い光があった。

「三つか四つの子どもに玩具《がんぐ》の代わりに銃器を与え、爆弾の組み立てや解体を遊びとして教え、人を倒す格闘技を運動の代わりに教え込んだ。何より祖国を守るために戦って死ぬことこそが誉《ほま》れだと教育した。彼らの戦いを一般市民が見世物としていることなど、一言も知らせずにだ」

ダンは厳しい顔をしていたが、思い切ったように問いかけてきた。

「お母さん。あの人が特殊軍の生き残りなら、では、惑星ウィノアの崩壊は……」

青い顔の息子が何を言いたいか、ジャスミンには充分わかっていたが、笑って首を振った。

「そうだとしたらどうする？」

「…………」

「そんな大量殺戮犯をなぜ自分の父親に選んだかと文句を言うか？」

「……いいえ」

青ざめた顔色ながら、ダンはきっぱりと言った。

「いいえ」

母と息子はしばらく黙って座っていた。

いつの間にか珈琲の湯気も消えてしまっている。

ダイアナの操る自動機械が静かに入って来た。

茶碗《ちゃわん》を新しく取り替えて淹《い》れたての珈琲を注《そそ》ぐ。

ダンはその自動機械に向かって話しかけた。

「ダイアナは、その頃から彼と組んでいるのか?」

返事は室内の内線端末からだった。

画面に表れたダイアナはにっこり笑って言った。

「それは言えないわ。ケリーのプライヴェートよ。

西ウィノアのこともそうだけど、ケリーが自分から話したことは一度もないわ」

「わたしもこの話を持ち出したことはない。本当はおまえに話すのもどうかと思うんだが……おまえが船を撃たれた被害者なのは確かだからな」

「わかっています。あの人の前では何も言いません。黙っていますよ」

「いや? それは無理だろう。おまえ、割と素直に顔に出るからな。あの男にはわかると思うぞ」

内心を表に出さないことには自信があったダンは気まずさをごまかすために咳《せき》払いした。

「ガーディアンと言うのは——何のことです?」

「オアシスの本来の用途だ。直径五キロメートルの宇宙要塞《ようさい》だな。四十五年前でも連邦軍艦隊と互角に渡り合えるという売り込みだった」

ダイアナが言う。

「連邦軍の管理脳を全部調べてわかったんだけど、二週間前の日付で第十二軍の特殊航空部隊が極秘に出動してるのよ。あなたの船を撃ったのはたぶん、これでしょうね」

「わたしも軍人だったからわかるが、現場の人間は命令に従っただけだ。民間船を攻撃していいのかと疑問に思ったとしても、口にすることは許されない。特殊部隊となればなおさらだな」

またもや頭を抱えたくなったダンだった。

連邦軍の特殊航空部隊といえば、ほとんどが隠密任務のはずである。

どんな手段で出撃記録を探り出したのか、非常に気になるところだが、それは言っても始まらない。

「第十二軍とストリンガーとの関係は？」

尋ねると、ダンの母親はにやりと笑った。

「現在調査中だが、どうも参謀総長あたりが怪しい。互いに何か利得するところがあったんだろうよ」

「つまりストリンガーに請われて勝手に特殊部隊を動かしたということですか？」

「まったく、とんでもない話だ。軍法会議ものだぞ。だが、今はそれは後回しだ」

ダンも同意見だった。

席を立って《ピグマリオンⅡ》に帰る際、ダンはもっとも気になっていたことを口にした。

「五万人の西ウィノア軍兵士が殺されたというのになぜあの人だけが生き残ったんでしょう」

ジャスミンはちょっと沈黙したが、並んで通路を歩きながら、ゆっくりと言った。

「虐殺当日、西ウィノア軍兵士の宿舎には毒ガスが散布された。五万人を一度に殺す威力のあるものだ。その場にいたら助からなかっただろうが、あの男は任務以外の用事で、たまたま宿舎を離れていたのさ。五十キロ離れた非戦闘区域まで、民間人の女の子を送り届けに行っていたんだ」

「女の子？」

「そうだ。ジャスミン・クーアという名前のな」

ダンの足が止まった。

母親ゆずりの灰色の眼が極限まで見開かれる。

ジャスミンも優しく笑い返した。

「あの男は——当時は少年軍曹だったが、すぐさま宿舎に引き返していった。眼の前で恩人が死のうとしているのに、あの時のわたしは何もできなかった。それが情けなくてな。もっと強くなりたいと切実に思ったんだが、それこそ子どもの考えることだから軍に入るくらいしか思いつかなかった」

声を失っていたダンは深々と息を吐いた。

大きな母親を見上げて困ったように笑って見せた。

「そこまで強くならなくてもよかったと、あの人も言うのではありませんか？」

ジャスミンは胸を張って断言した。

「わたしの夫は間違ってもそんなことは言わないぞ。そんな根性なしと結婚した覚えはないからな」

自分とつきあう男には根性が必要だということは自覚しているのかと、ダンは妙に冷静に考えた。

《ピグマリオンⅡ》の船長が自分の船に戻った直後、《パラス・アテナ》に通信が入った。

連邦大学のルウからだった。

まだ午前中のはずなのにと首を捻りながら出ると、ルウは真剣な顔で言ってきた。

「ジャスミン。今どこ？」

「ちょっと遠いところだ。——何かあったのか？」

「エディが知らせてきたんだけど、ヴァンツァーとレティシアがいなくなったんだって」

「なに？」

「どっちの学校にも、事故に遭って学校を休むって連絡があったらしい。だけど最寄りの総合病院には いないんだ。近くのどの病院にも収容されていない。レティシアの同級生が変だと思って、授業の合間にエディに連絡してきたっていうんだよ」

そしてリィはただちに相棒に連絡したわけだ。

「二人ともこんなふうに姿を消す理由がないからね。どう考えても誰かに拉致《らち》された気配が濃厚なんだ」

「わたしの代わりに彼らを連れ出したと？」

「だと思う。もしそうだとしたら、きっとキングのやらせたことだよ」

ルウが青い眼だけで大丈夫かと問いかけてくる。

頷いたジャスミンだった。

「そういうことならちょうどいい。わたしが彼らを連れて帰る。もちろんあの男もな」

「お願い。エディが気にしてるんだ」

「彼らのことをか?」

「まさか。あの二人をさらった人たちのほうをだよ。正確に言えば、騒ぎが大きくなることを気にしてる。ぼくもその点は同意見なんだけど」

「それだけは心配しなくてもよさそうだぞ。ここは人里離れた僻地だからな。どんなに派手に暴れても、人目を引くことはまずない」

「それはそれで恐いものがあるんだけどね」

ルウは笑って通信を切った。

ジャスミンも苦笑しながら息子に連絡を入れた。

間もなく、慣性航行していた二隻の船は第六惑星軌道付近にある《門《ゲート》》に向けて跳躍した。

ここがいわばこの星系の出入り口だからである。

ストリンガーの館に出入りする船があるとしたら、必ずここを通過する。

「あの二人を乗せた船が跳んでくるのは間違いなくこれからよ」

と、ダイアナは言った。

なぜなら、ここの《門《ゲート》》の対岸は連邦大学から百六十光年離れた宙域にある。

《パラス・アテナ》や《ピグマリオンII》のような快速船ならともかく、普通の船はなかなか一度では跳べない距離だ。

「わたしは一度で跳んで、そのまま門突入《ゲート・イン》したけど、他の民間船に同じ真似は難しいでしょうね」

《パラス・アテナ》は二人を乗せた船を追い越して、先にベッカリア星系に到着してしまったわけだ。

さすがにここまで来ると、《ピグマリオンII》の乗員を仲間はずれにもできない。ダイアナは初めて映像を送って、彼らに顔を見せながら話していた。

ただし、自分が感応頭脳であるとは言わない。

ダイアナと名前だけを名乗り、操縦者の代理だと説明して、共同戦線を張ろうと持ちかけた。

「あなたたちは自分の船が撃たれた報復をしたい。わたしは自分の操縦者を取り戻したい。利害は一致しているでしょ?」

「そりゃまあ、そうだがな」

船橋を代表してトランクが相づちを打つ。

「この《門《ゲート》》付近で待っていれば必ず船が現れる。自動的にわたしたちはその後をつけていけばいい。ストリンガーの館に案内してもらえるわ」

「理屈はわかるが、だったらもう少し離れたほうがいいんじゃないか」

「こんなに近くにいたら向こうから丸見えだぜ」

トランクとジャンクが当然の疑問を投げる。

今の二隻は探知機に《門《ゲート》》を捕捉できる距離に位置している。それは同時に向こうからもこちらが探知できることを意味している。

「あんたの船はその船体《なか》にショウ駆動機関《ドライヴ》と重力波エンジンの両方を積んでるみたいだが、普通それをやろうと思ったら、どうしたって図体はでかくなる。図体がでかけりゃ、探知機もでかいのを積んでる。もちろんこの船の探知機だってかなりの高性能だが、もっと距離を取らないとやばいぜ」

「大丈夫。その点はわたしが補うわ。あなたたちの船も探知されないように覆うから、離れないでね」

簡単に言ってくれるが、存在を悟られないように探知機をごまかすのは容易なことではない。

男たちの疑問の眼差しがわかったのだろう。

ダイアナはすべての男に効力を発揮する魅力的な笑顔でにっこり微笑んだ。

「わたしが信用できない？」

他の場合ならころっと陥落させられただろう。

しかし、今はそうはいかなかった。

彼らは船乗りである。船に関する事柄である限り、そう簡単に色気に負けるわけにはいかないのだ。

「あんたの船が普通じゃないのはわかってる」

トランクが慎重に言えば、タキも頷いた。

「それはよくわかってるんだが、こっちはこっちで独自にやらせてもらえるとありがたいんだがな」

ここでジャスミンが割って入った。

「これ以上の議論は時間の無駄だな。わたしたちはどうしても操縦者を取り戻さなければならないんだ。はっきり言っておく。わたしたちの邪魔はするな。もう一つ忠告するが、《パラス・アテナ》の傍より安全なところなど、この宙域のどこにもない」

　こちらは相変わらず音声だけの通信だが、有無を言わさないとはまさにこのことだ。

　通信が切れると《ピグマリオンⅡ》の乗員たちは、今度こそ唖然として、船長を問いつめに掛かった。

「なあ、ダンよ」

　タキがやんわりと、しかしずばりと核心に入る。

「あっちの別嬪《べっぴん》さんはいいとして、今のおっかない姐《ねえ》さんはあんたの何なんだ？」

「訊くなと言ったはずだ」

　船長の周囲には不機嫌が渦を巻いている。

　トランクとジャンクはさすがに顔を見合わせたが、タキはあくまでのんびりした口調で、とんでもない爆弾を投げた。

「そりゃあな。船長の私生活なんぞどうでもいいが、いくらなんでもあれをジェームスのおふくろさんにするのはどうかと思うぜ」

　ダンは自分の船の床にのめり込みそうになったが、ジャンクがすかさず身を乗り出した。

「それそれ！　俺もそう思ったんだよ。ありゃあ、やばいって」

　そしてトランクはむしろ気の毒そうに言ったのだ。

「あんたの趣味をとやかく言うつもりはないけどよ。悪いことは言わねえ。あれだけはやめといたほうがいいと思うぜ。あんたはいやがってたが、あれならまだルウのほうがうんとましだ」

　こっちの気も知らないで好き勝手を言う仲間に、ダンはぐったりしながら反論した。

「見当違いもいいところだ。あれは亭主持ちだぞ。あの船の操縦者と結婚してる」

　三人は別の意味で驚いたらしい。

　呆れたように眼を見張り、口々に言ったものだ。

「あんなのを女房にする男がいるとはねえ……」

「いい根性してるぜ。それとも、悪趣味か？」

「何にせよ、半端じゃねえな」

まったくもって半端ではない。

それはダンが身をもって知っていることだった。


待機を始めて数時間後、《門《ゲート》》に船が出現した。

予想通り、三十万トン級の大型船だった。

重力波エンジンとショウ駆動機関《ドライヴ》を両方搭載するからにはこのくらいの大きさは必要なのだろう。

門突出《ゲート・アウト》した船は極端に速度を落としていた。

その様子は《ピグマリオンII》の面々にとって、懐かしいものだった。

《駅《ステーション》》の設置されていない《門《ゲート》》は不安定で、巡航速度ではとてもとても危なくて飛び込めない。

ぎりぎりまで速度を落として門突入《ゲート・イン》、通常空間に戻った後、再び巡航速度に乗せる。

今時の新人は知らないだろうが、彼らはまだその手順を覚えている年代の船乗りだった。

ところが、現れた大型船は何故かほとんど速度を上げようとしなかった。

多少は加速したものの、すぐ慣性航行に切り替え、そのままゆっくり進んでいく。

《ピグマリオンII》の船橋に軽い緊張が走った。

この船の行動は目的地が近いことを意味している。

ダイアナが話しかけてきた。

「用意はいい？」

ダンが応える。

「もちろんだ。いつでも行ける」

「早まらないで。あの船には民間人が乗っているし、まずは行き先を突き止めるわ。あなたたちの鬱憤《うっぷん》はその後で存分に晴らしてちょうだい」

「了解」

《パラス・アテナ》と《ピグマリオンII》はそっと大型船の後を追尾し始めた。

10

一人になったケリーは手にした酒杯をゆっくりと呑み干した。

部屋の扉は施錠《ロック》されていて、外には出られないが、内線で注文すればたいていのものはかなえられた。

今呑んでいる極上のウィスキーもその一つだ。

そろそろ来るなと思っていたら、予想に違《たが》わず、部屋の扉が開いた。

大型の自動機械が車輪を転がして入ってくる。

この館へ連れてこられてから、ケリーは定期的に身体の状態を調べられている。

およそ六時間ごとに医療用の機械がやってきて、血圧や脈拍を計る他、こうして酒を飲めばその都度血液検査、必要なら脳波の測定だ。

血糖値の上昇率、アルコールの分解速度、さらに状況認識能力の変化など、実に細かい。

ストリンガー言うところの常人との差異を何とか見つけようということらしい。

「採血を致します」

単調な声で言って、医療機械が近づいてくる。

ケリーは椅子から動こうとはしなかった。

黙ってガウンの袖《そで》をめくって左腕を出した。

ここへ来てから、ケリーは何をされても、一度も抵抗したことはない。

至って素直な患者――というより実験動物だった。

この時も、自動機械はいつものように機械の腕を伸ばしてきたが、ケリーはいつものようには自分の腕を任せなかった。

逆に機械の腕を摑《つか》み返した。

その状態で椅子から立ち上がった――と思ったら素早く屈《かが》んで、右手を自動機械の車輪の下に入れる。

身体を起こす動作を利用してケリーは自動機械を

大きく持ち上げ、そのまま勢いよく投げ飛ばした。

百キロ以上はあるはずの自動機械がものの見事に宙を飛んで、窓硝子《ガラス》に叩きつけられた。

宇宙空間と部屋を仕切っている硝子はその程度で傷ついたりしないが、自動機械はこんな容赦のない打撃を食らって無傷ですむほど丈夫ではない。

もともと頑丈さに重きを置いた機械ではないのだ。ぐしゃっとひしゃげて機能を停止した。

この室内の様子はもちろん監視されている。

監視装置の向こうの人間たちはさぞかし驚いたに違いない。

たちまち慌《あわ》ただしい気配がして、数人の警備員と白衣の医者らしき男が駆け込んできた。

その時のケリーは残骸になった医療機械の傍《かたわ》らに座り込み、その残骸をつつき回していた。

子どもが壊れた玩具で遊んでいるような仕種だ。

「ミスタ・クーア」

白衣の男が緊張に顔を強ばらせて言う。

「困ります。こんな真似をされては……」

「ああ、悪かったな」

ケリーは笑って振り返った。

ゆっくり立ち上がって、両手を広げて見せる。

「脅《おど》かすつもりはなかった。ずっとこんなところに閉じこめられて、ちょっとくさくさしてたんでな」

そんなことを申し訳なさそうに言うので、白衣の男は面食らった。

見たところ、これ以上暴れる意思はなさそうだが、警備員が二人、定石通りに進み出る。

一応、取り押さえるようにと、警備員に目配せした。

相手はガウンを着ているだけの素手だが、決して油断することなく、職務を忠実に果たそうとした。

その瞬間、ケリーの右手が眼にも止まらぬ速さで動いていた。

ガウンの内側に忍ばせていたのは機械の体内から取り上げた刃物が二本。

それぞれが警備員の喉《のど》に深々と突き刺さった。

即死した相手の身体が倒れる前に、ケリーはその手から銃を奪い取り、死体を盾《たて》にして、残り三人の警備員をあっという間に撃ち殺していた。

蒼白になった白衣の男には見向きもせず、入口に走る。扉の開閉装置を壊して脱出路を確保する。

流れるような動作でそこまでをやってのけながら、ケリーは逃げ出しはしなかった。

わざわざ部屋に戻り、白衣の男に銃を突きつけた。

「ダニエル・クーアの同級生か？」

男は死に物狂いで首を振った。

そんな人違いのとばっちりを食うのはごめんだと、顔にはっきり表れている。

「おまえじゃないなら、誰だ？」

「そ……それはたぶん……セラーズのことだと思う。イアン・セラーズだ」

「どこにいる？」

「彼はその……第七研究室だ。Ｌ４ブロックの」

「そのＬ４ブロックはどこだ？」

「こ、この通路を出て右へ行くと——リフトがある。十四階で下りて左に行けばすぐだ」

「ありがとうよ」

やんわりと言って、ケリーは男の頭を撃ち抜いた。


レティシアとヴァンツァーは部屋を出たところで、別々にされていた。

ここへ来た当時のケリーと同じように自動機械に着替えを渡され、さまざまな検査機器の並ぶ部屋に通されたのである。

レティシアには現代医学の知識がある。

並んでいる機材を見れば、ここの連中がやろうとしている検査内容の見当もつく。

そこに並んでいるのは意外にも、極めてまともな検査機器だった。

真っ先にブレイン・シェーカーに通されて記憶の解析をされると思っていたが、まずは自分の身体の情報が欲しいらしい。

別の検査室で、ヴァンツアーもそのことを知って拍子抜けしていた。

身長体重の測定、視力や聴力の検査という、ごく普通の健康診断のような項目から始まったからだ。

どうせならこんなものは省略して、最初に記憶を見る機械に入れてくれればよかったのにと思ったが、口にはしない。

指示されるまま、おとなしく検査を受けていた。

視力・聴力検査の後は肺活量や筋力を測る。

異変が起きたのは内臓の動きを見るための機械に入れられようとした時だった。

ヴァンツァーが急に低く呻《うめ》いたかと思うと、胸を押さえて床に倒れ込んだのだ。

顔に冷たい汗を浮かべて、苦しげに喘《あえ》いでいる。

しかし、この時、ヴァンツァーの傍にいたのは『医療用』の自動機械である。

まさにこんな場合に活躍するものだから、慌てず騒がず、倒れた少年の容態を調べた。

容易ならざる事態だった。

血圧が急上昇し、呼吸不全を引き起こしている。

一刻も早い治療が必要だと判断して、自動機械は人間の医師に最優先呼び出しを掛けた。

「患者の容態が急変しました。担当医師は検査室に急いでください。大至急、処置を願います」

言われるまでもない。

自力で動く医療機器を何台も引き連れて、医師と看護師が大勢駆け込んできた。

「何の発作だ⁉」

「持病の有無は確認したのか⁉」

医師たちは三人がかりで倒れた少年に取りついた。

一人が素早く呼吸器をあて、一人が胸をはだけて心臓を診る。

一人が両足に大型のクリップをつけ、一人が両足に大型のクリップをつけ、

その時だ。発作を起こして倒れている少年の手がすうっと動いて、頭の上にかがみ込んだ医師の頭を挟むように捕らえていた。

無造作に捻《ひね》る。

一瞬で頸椎《けいつい》が折れた。

絶息した医師が自分の上に倒れ込んで来る前に、ヴァンツァーは身体を捻り、立ち上がりながら足のクリップを外し、他の医師が胸に指していたペンを引き抜いていた。

検査室にいたのは医師が二人と看護師が四人。

彼がペン一本で残りの五人を片づけるのに要した時間はわずか十二秒。

この一部始終を見ていたとしても、常人には何が起きたのか理解できなかっただろう。

半裸の少年が流れるような動きで医師たちの間をすり抜けた――どんなに眼を凝らしてもわかるのはそれだけだ。

それだけで、五人は帰らぬ人となったのだ。

レティシアのほうはもっと派手だった。

心電図を取っていた時のことだ。

それまで規則正しい動きを示していた拍動《はくどう》が突然、異常に遅くなったのだ。血圧も急激に低下した。

それに伴って意識が混濁《こんだく》している。声を掛けても反応がない。

一刻の猶予《ゆうよ》もならない事態だった。

自動機械は少年が生命の危機に陥《おちい》ったと判断して、担当医に最優先で連絡した。

「心拍数が異常に低下しています。心停止の恐れがあります。大至急、対処してください」

こちらも担当の医師団が青くなって飛んできた。

何と言っても貴重な研究材料である。

検査の不手際で死なせでもしたら、どんな叱責《しっせき》を受けるかわからない。

医師たちは総掛かりで治療に当たったが、問題は心拍数低下の原因がさっぱりわからないことだった。

容態を調べる検査機器が山ほどつないであるのにどうしても何の発作か分類できない。

医師たちは必死に手を尽くしたが、努力も空しく、少年の心臓はとうとう完全に停止してしまった。

だからといって諦《あきら》めるわけにはいかない。

医師たちは技術と経験のすべてを生かして懸命に蘇生《そせい》を試みたが、効果がない。

人の死など見慣れている医師たちだが、この時は抑えきれない恐怖と絶望の喘ぎが一斉に洩《も》れた。

「開胸手術だ！　直接心臓を刺激する！」

医師の一人が最後の手段を叫んだ時だ。

少年の心臓が再び活動を始めたのである。

検査室は驚愕《きょうがく》と安堵《あんど》の声に包まれたが、これでは終わらなかった。

死にかけたはずの少年が、何事もなかったように、ひょいと起きあがったのだ。

「ありがとよ。参考になったぜ」

絶句している医師たちに笑いかけて、診療台から下りようとする。

「もうじき臨床をやるんだよ。自慢じゃないが俺は心臓を止めるのは得意でも、動かすほうはさっぱりだったんでね」

「ま、まだ動いちゃいかん！」

医師たちは慌てて少年を制止した。

たった今、心停止したばかりである。

蘇生したとは言え、すぐに動くのなど危険すぎる。

しばらく安静にしているのが常識だというのに、少年はさっさと床に足を下ろした。

「きみ！」

あくまで止めようとした医師の身体が頽《くずお》れる。

レティシアが武器に使ったのはピンセットだった。

診療台の上には必ず一つ二つ乗っているものだ。

綿布《ガーゼ》を取る小さな道具も、少年の姿をした死神にとっては充分すぎる凶器だった。

裸足《はだし》の足が軽やかに踊るように床を蹴る。

見取れるような動きで、七人いた医師と看護師をあっという間に倒してしまうと、レティシアは肩をすくめて小さく笑った。

「だからさ、言ったろう。止めるのは得意だって」

優しいその声を聞いている人間はもういなかった。

残っていたのは、指示を出す人間が死んだことで一時的に混乱状態に陥った自動機械だけだ。

その哀れな機械に向かってレティシアは言った。

「俺の服は？」


極めつきに物騒な二人は通路で再会した。

お互いが連れて行かれた方向に歩いていったら、自動的に出くわしたのだ。

レティシアが言う。

「行くぜ」

「ああ」

ヴァンツァーが短く答える。

二人とも、あの男が自分たちに期待しているのは囮《おとり》の役割だろうとわかっていた。

それならそれで、なるべく派手に暴れてやるのが元玄人《くろうと》の矜持《きょうじ》というものだ。

自分たちを囮に使おうとはそれこそいい根性だが、その理由も何となく見当がついた。

あの老人は恐らく、昔のあの男を知っているのだ。

あの二人の間にどんな因縁《いんねん》があるかは知らないが、あの男がどんな素性の人間なのか、何ができるのか、どのくらいの戦闘能力を持っているのか、そうしたことをあの老人は詳しく知っているのだろう。

知っているから、あの男に対する警戒を怠《おこた》らない。

比べて、自分たちのことは知らない。

ファロットという名を持つものに何ができるのか、どんなことをしてのけられるか、何も知らない。

レティシアもヴァンツァーも容易に自分の素性を悟らせたりはしない。

自分たちの外見からわかるのは、普通の十六歳の少年二人というだけだ。

その少年を取り逃がしたことに気づいたのだろう。

警備員が四人、慌ただしく通路をやって来た。

銃口を二人に向けて、声も荒々しく警告する。

「手を挙げろ！　抵抗すると撃つ！」

二人とも素直にそれに従った。

しかし、実のところ、この状況は二人にとって、相手が親切にも武器を持ってきてくれたのと少しも変わらなかったのである。

両手を挙げたレティシアがのんびりと言った。

「あのじいさんはこの身体にえらくご執心だからな。撃つのはやめといたほうがいいんじゃねえの？」

ヴァンツァーも真顔で同意した。

「傷をつけただけでも烈火のごとく怒るだろうな」

警備員が一瞬、躊躇《ちゅうちょ》する。

その一瞬の間があれば、彼らには充分だった。

流れるような一動作で近づいて手を伸ばした。

彼らの手は人を殺すことに慣れた手だ。

慣れているだけではない。最小限の労力で確実に仕留めることに長《た》けた手なのだ。

片手で銃身を押さえ、片手で首の急所を一撃する。

何とも気軽な動きに見えたが、それだけで二人が体勢を崩して倒れた。

当然、無傷の警備員が二人残った計算になる。

その二人はもちろん黙って見ていたわけではない。

仲間がやられたと判断した途端、撃とうとしたが、その時には少年たちの姿は視界になかったのだ。

「遅《おせ》えよ」

耳の後ろで少年の声が言う。

恐怖に駆られた警備員が反射的に振り返ったが、手遅れだった。

その警備員は少年の姿を視界に捕らえるより先に息絶えていたのである。

ヴァンツァーを狙った警備員も同様だった。

次が来る前に二人は倒れた警備員の身体を調べて使えそうな武器を取り上げた。

銃も一応確保したが、それよりも腰に下げていたナイフのほうが彼らには遥《はる》かに馴染みの武器だった。

さらに、懐を探ったレティシアが笑顔になる。

「こりゃあいい。いいもの持ってるぜ」

彼が警備員から取り上げたのは鋼索鋸《ワイヤー・ソー》だった。

極細の頑丈な刃物で、普通はものを挽《ひ》き抜いたりする時に使う。いわゆる糸鋸《いとのこ》である。

ヴァンツァーが肩をすくめて苦笑した。

レティシアにこれを持たせてしまったら、まさに鬼に金棒である。

しかし、昔、自分たちが使っていたものと違って、この糸鋸は容器に入っている。おまけに少し太い。

「使えるか？」

レティシアは答えなかった。

真剣な顔で、黙って糸鋸を長めに引き出し、また収めては手応えを確かめている。

その様子を見て、ヴァンツァーは用心深く距離を取ろうとした。

この若者が一番物騒なのはこういう時だ。

初めて手にした道具の使い勝手を確かめるために、こちらの身体を試し切りに使いかねないのである。

「逃げるなよ。——やらねえよ」

その動きを察して、レティシアが笑う。

四人分の鋼索鋸を懐に入れ、ナイフを腰に差して、通路の先を顎《あご》でしゃくってみせる。

「ちょうどいいものが来てくれたしよ」

そこには新たな白衣の一団と警備員の姿があった。

二人の姿を認めて何か叫び、こちらに迫ってくる。

「——ここの連中、他のやり方は考えないのかね？　監視装置で見てるだろうに」

レティシアの口調は呆《あき》れるのを通り越して不思議そうだった。

ヴァンツァーもその点はまったく同感だった。

自分たちはさっきから何人も殺している。それも尋常ならざる方法でだ。

いい加減、まともな手段は通用しないと悟ってもよさそうなものなのに、依然として人海戦術で取り押さえようとする。

「よっぽど頭が悪いのか？」

「あるいは、俺たちの仕事が速すぎて、未だに何が起きたか理解していないか、どちらかだろうな」

ヴァンツァーの言い分が正しかった。

そのくらい、彼らの仕事は水際《みずぎわ》だっていたわけだ。

二人ともほとんど被害者に血を流させることなく、触れた途端に一瞬で殺害している。

監視装置に映るのは床に倒れた男たちだけだ。

この様子を画面で確認した警備員は、少年たちが逃げ出したことのほうを重視した。

何らかの手段で医師と看護師、仲間の警備員まで倒されたのは間違いないとしても、少年たちは銃や刃物を使った様子はない。

何より、あんな子どもに人が殺せるはずがないと、殺せるとしても、これほど大勢を一度に殺しながら平気な顔をしていられるはずがないと判断したのだ。

全員が死んでいることを確かめた後ならさすがに対応も違っていたのだろうが、それより先に二人を拘束することに躍起《やっき》になった。

「殺すなよ！　生け捕りにするんだ！」

叫ぶ白衣の男たちと、銃を構えて駆けつけてくる警備員の集団を見て、ヴァンツァーは顔をしかめた。

警備員が七人、白衣の男が四人いる。

「速く片づきそうでありがたいが、こういう大味《おおあじ》なやり方は実のところ、あまり好みではないな」

「俺だってそうさ」

濃い藍色《あいいろ》の眼が無言で相方を見た。

大いに疑っている顔つきだったが、レティシアは「ほんとだぜ」と真顔で言い返した。

男たちが迫る。とっくに有効射程距離内だったが、殺すなという指示を守って発砲はして来ない。

それが命取りになった。いや、発砲したところで間に合わなかっただろう。

二人の警備員の腕が、銃を握ったまますっぱりと切断されて宙を飛んだ。

腕を失って絶叫する仲間の姿に、後ろの警備員が絶句する。悲鳴を上げようとした時には、その首が胴体から離れて転がり落ちている。

飛び散った鮮血が通路をどぎつく染める。

生臭い臭いがたちこめる。

白衣の男たちは、自分の眼が見たものが何なのか、認識することができなかった。

　こんなはずはない。人間の身体がこんなに簡単にあっけなく、ばらばらになるはずがない。

　そんなふうに否定するのがやっとだったのだ。

　無事だった三人の警備員も恐慌状態に陥っていた。狂ったような大声で喚《わめ》きながら銃を乱射したが、少年たちの姿はもうそこにはない。

　彼らの死角から必殺の糸をかいくぐるようにしてヴァンツァーが音もなく迫っていた。

　糸に掛からなかった警備員を流れるような動作で三人ほぼ同時に倒すと、腕を切り落とされて激痛にのたうつ警備員二人を無造作に斬って捨てる。

　白衣の男たちはようやく何かとんでもないものを目の当たりにしていることが呑み込めたらしい。

　必死に逃げようとしたが、この行動は滑稽《こっけい》でしかなかった。

　その時には恐ろしい糸が最後の仕上げとばかりに、彼ら自身に襲いかかっていた。

　四つの頭が同時に胴体を離れて転がり落ちる。

　首を失った身体が白衣を血に染めて倒れた時には、レティシアは鋼索鋸を一振りで巻き戻している。

　あの世から蘇《よみがえ》った死神は自分の手際に満足して、もっともらしく頷《うなず》いた。

「ただ殺《や》るだけなら技《わざ》も芸も要《い》らねえからな」

　もっともだと思いながら、ヴァンツァーは同僚の技倆を素直に評価した。

「勘は鈍っていないらしいな」

「おまえもな」

　猫の眼がにやりと笑い返す。

「俺が銀線を操っている最中《さなか》に、間《あいだ》に飛び込める命知らずはそうはいねえ」

「好きで飛び込んでいるわけではないぞ」

　顔をしかめてヴァンツァーは言い返した。

「もともとは、おまえが、このくらいできなくては自分と組むことなどおぼつかないと言うから……」

「そうそう。で、おまえ、俺の仕掛けを一応は躱《かわ》してくれたもんな。組むからにはそのくらいはやってみせてもらわなきゃあ、安心できねえもんよ」

論点が違うとヴァンツァーはよほど言いたかった。

一応はというが、レティシアの攻撃は容赦がなく、手加減しているとはとても思えなかった。

死に物狂いで躱さなければ、自分の首はそれこそ胴体を離れていただろう。そしてそうなってもこの若者は『あれ、死んじまったか』で片づけたはずだ。

昔はそうしたところが何とも言えず気味悪かった。信用できない気もしたが、今ならわかる。

それをこの若者に問い質すのは無理なのだと――意味のないことなのだと。

今のヴァンツァーにはわかっていた。


ケリーは殺した警備員の中から一番身体の大きな男を選んで、衣服を奪い取っていた。

さすがにガウン一枚で、これからの大立ち回りを演じるわけにはいかなかったからだ。

着てみるとズボンはだいぶ足がはみ出てしまうが、ブーツで何とか覆《おお》い隠す。

武器と身分証を取り上げてケリーは部屋を出たが、L4ブロックには向かわなかった。

部屋の監視装置が生きていることを知っていて、わざと聞かせた会話である。

通路に出ると、設置されていた内線端末を使って、館内の案内図を表示してみた。

直径五キロメートルの大きさの割りに、人のいる研究施設や居住区はごく一部に集中している。

これはオアシスという施設の常とも言えた。

そして人の集中している区域の中心が、ケリーが今いるこの建物だ。

各ブロックごとに往来に制限が掛かってはいるが、審査自体はそれほど厳しいものではない。

身分証さえ持っていれば通れるようになっている。

他人を信用しないストリンガーの性格を考えると意外だが、恐らくこの館の存在自体が最大の秘密で、連れてくるまでの敷居のほうが高いということだ。

一度その秘密に囲い込んだ以上、囲いの中にまで垣根をつくる必要がなかったのだろう。

しかし、一カ所だけ、建物の中心を上から下まで貫くようにして厳重に隔離されたブロックがある。

内部の情報もまったく表示されない。完全な独立区域として建物の真ん中に存在している。

間違いなく、ここがストリンガーの居場所だろう。

ここへ入れるのはごく一部の人間だけで、特別な認証が必要なはずだ。

そのごく一部の人間を捜し回るほどの時間はない。

かといって認証を得ずに中へ入るためには、この館の全機能を掌握している中枢管理頭脳を攻略する必要がある。

オアシスの前身であるガーディアンの場合、その中枢管理頭脳を攻略するのが一苦労だった。

あのダイアナが手こずったくらいだが、この館はガーディアンではない。その中枢は、後《のち》にクーアで販売したオアシス仕様のままだ。

ケリーが薄く笑った時、通路の角に警備員の姿が表れた。

ケリーを相手にする以上、ある程度は傷つけてもかまわないと指示されていたのだろう。

最初から銃を構えていたが、その狙いを合わせるより遥かに早く、ケリーが警備員を撃っていた。

射撃戦の鉄則は『撃たれる前に撃て』である。

昔、そんな訓練はいやと言うほど積んだ。

それはここの警備員も同じことだろうが、自分は敵を『倒す』のではなく『殺せ』と教わった。

一撃で確実に殺せと。

さもなければ自分が殺されることになるのだと。

その緊張感に比べれば、この連中の射撃はまるで『下手な鉄砲も数打ちゃ当たる』に等しかった。

ケリーが視界に捕らえた警備員は全部で五人。

四人を撃ち殺すのに掛かった時間は一秒足らず。

だが、一人だけはわざと狙いを外して肩を撃った。

万が一にも反撃されては面倒なので、足にももう一発撃ち込んで動きを止める。

その上で、その一人を引きずりたたせて訊いた。

「外部と話せる通信機はどこだ？」

《パラス・アテナ》と《ピグマリオンⅡ》は速度を同調させて慣性航行していた。

彼らが追っていた三十万トン級は『ある宙点』で忽然《こつぜん》と消えた。つまりはそこに何かの施設があって、その中に収容されたということだ。

オアシスならこの距離でも見えるくらい華やかな照明をつけているものだが、それがない。

さらに驚いたことには、そこには三十万トン級の船を収容できる施設が間違いなくあるはずなのに、探知機にも映らない。

ジャスミンは即座に《ピグマリオンⅡ》に連絡し、停船したほうがいいと提案した。

これ以上迂闊《うかつ》に近づくのは危険だと判断したのだ。

ダンもその意見に賛成だった。

ダイアナが探知波をごまかしているとはいっても、ここまで用心深い相手だ。何か機雷のようなものを置いていないとも限らない。

二隻は三十万トン級が消えた宙点を見張りながら待機することにした。

だが、特に時間の制約を感じているわけではない《ピグマリオンⅡ》に対し、《パラス・アテナ》の船橋はひどくぴりぴりしている。

ジャスミンは懸命に苛立《いらだ》ちを抑えながら言った。

「この距離でも、あの男の所在が摑めないのか？」

「さっきからやってるけど、探知できないわ」

「まさか、あの場所にあの男がいないということはないだろうな？」

「ジャスミン。少し落ちつきなさいよ。まるで檻《おり》に入れられた動物みたいよ」

「——かもしれんな。持久戦は苦手なんだ」

苦虫を嚙《か》み潰したような顔でジャスミンは言った。

内線画面のダイアナが真顔で問いかけてきた。

「あなたがそこまで取り乱しているのはウィノアの大虐殺《だいぎゃくさつ》を覚えているから?」

ジャスミンは驚いたようにダイアナを見た。

ダイアナも単なる映像とはとても思えない表情を青い眼に乗せてジャスミンを見つめていた。

小さな吐息とともにジャスミンは言った。

「……覚えているわけじゃない」

「………」

「わたしはその場にいたわけじゃないんだ。むしろ実際にはどんなことがあったのか、何も知らない」

「当然でしょうね。わたしも知らないわ」

「だが、あの男は覚えている」

「ええ」

ダイアナが頷いた時だった。

まさに問題の宙点から通信が入ったのだ。

ジャスミンが通信機に飛びつくより遥かに早く、ダイアナが通信をつないでいた。


「ダイアン。俺が見えるか?」

待ち望んだ操縦者からの連絡だったが《パラス・アテナ》の感応頭脳は淡々と答えた。

「いいえ。よほど防壁に気を使ってるのね。昔の《クーア・キングダム》を思い出すわ」

「今どこにいる?」

答えたのはジャスミンだった。

「そのご大層な館から約十万キロメートルの宙点だ。三分で行けるぞ」

ケリーは喉の奥で笑った。

「いい相棒といい女房を持ったと思うぜ。俺たちの現在地は?」

「ベッカリア星系、第六惑星軌道付近」

再びダイアナが答えると、ケリーは物騒に唸った。

「……あの《門》《ゲート》か。——なるほどな」

隠れ家としては絶好の場所である。

「女王。《ピグマリオンII》は今どこだ?」

「この船の右隣、三百メートルだ」

　ケリーは楽しそうに笑って、回線をつないだまま《ピグマリオンⅡ》に連絡した。

「よう、船長。元気か？」

　これまた口が裂けてもお父さんとは言えないので、慎重に名前を呼んだダンだった。

「ケリー、無事でしたか」

「イアン・セラーズって奴を知ってるか？」

「いいえ、知りません」

　それは嘘《うそ》だった。

　記憶の片隅にかすかに引っかかっている。

　確か三十年前、同じ教室で学んだ同級生の名だが、ダンは敢えて知らないと言い張った。

　ケリーは口元に笑いを浮かべて、しかし眼だけは恐ろしいくらい真剣に頷いたのである。

「そりゃあよかった。そいつを殺さなきゃならなくなったんでな。おまえの友達なら断っておかなきゃならんと思ったのさ」

　ダンは何とも言えない顔で沈黙した。

　やめてくれと言うことはダンにはできなかった。言ったとしても、ケリーは聞かなかっただろう。

　かつての海賊王は今度は真面目な口調で、自分の妻に言ったものだ。

「女王。あんたの出番だぜ。赤いのの大砲を頼む。今のままじゃダイアンが何もできないからな。このご大層な館の風通しを少しよくしてやってくれ」

「任せろ。おおいによくしてやる」

　そう言った時にはジャスミンは操縦室を飛び出し、格納庫に向かっている。

　ケリーは館に設置された通信室から話していたが、警備員が持っていた簡易型の通信機を腕に巻くと、再び館の通信機でダイアナに言った。

「ダイアン。おまえも攻撃に参加してくれ。それで壊れるほどやわな館でもないだろう。ここの頭脳を攻略したら、俺の持ってる通信機に連絡を頼む」

「了解」

《パラス・アテナ》と深紅の戦闘機は問題の宙点に

向かって突進を開始した。

《ピグマリオンⅡ》の船橋が一斉に異議を唱える。

「ちょっと待てよ！　俺たちも行くぜ！」

「いいえ、あなたたちの出番はまだ後よ」

「そうとも。危ないから近づくな。しばらくそこで見物していろ」

《ピグマリオンⅡ》の乗員は憤然《ふんぜん》となった。

いくら何でもこれでは船乗りの沽券《こけん》に関わる。

それ以上に女二人に突撃させて自身は留守番とは、男としてあまりに情けない。

「ダン！」

全員が一斉に船長を振り返ったが、ダンは何とも言えない笑いを浮かべて首を振った。

「まあ、見ていろ。滅多にないものが拝めるぞ」

ジャスミンは自分で言ったように、三分足らずで目標宙点に接近した。

それでも、探知機には何の反応もない。

結局、ジャスミンが確認したのは探知機ではなく、わずかな照明だった。恐らくは着陸時の誘導灯だ。

さらに近づくと、黒い巨大な球体が見えてくる。

「待たせたな」

それこそ獰猛《どうもう》な獣のように唸って、ジャスミンは目視で二十センチ砲をお見舞いしていた。


突然の衝撃に館の管制室は仰天した。

何が起きたのか、彼らにはわからなかった。

探知機には何も反応がない。

この館が攻撃されることなどあり得ないはずだが、現実に大きな衝撃が連続して館を襲っている。

ストリンガーの館は高性能の秘密基地ではあるが、要塞《ようさい》ではない。

自らの姿を隠す機能は優秀でも、特に防御能力に秀でているわけではない。

宇宙空間を飛んでくる光跡を見て管制官が叫ぶ。

「エネルギー反応！　二十センチ砲クラスです！」

管制室長が叫び返す。

「馬鹿を言うな！　艦はどこだ⁉」

二十センチ砲は軍艦だけが装備している武器だ。

軍艦の姿がないのに、そんなものが宇宙空間から飛んでくるわけがない。

だが、現実に衝撃は止む気配がない。

それも軍艦では不可能なほど素早く位置を変え、角度を変えて連射してくる。

こんな芸当の可能な艦は連邦軍にもないはずだ。

いくらこの館がオアシス級の規模でも、これほど徹底的に攻撃されたのでは被害は小さくない。

管制官が悲鳴のような喘ぎ声を洩らした。

「室長！　ミサイルが来ます！」

「迎撃しろ！」

「駄目です！　間に合いません！」

そのミサイルは機関部を直撃した。

非常警報が鳴り響いた。

館内図の至るところに赤信号が点灯する。

同時にストリンガーの怒号が管制室に響いた。

「何事じゃ！」

しかし、管制官にも何が起こっているのか摑めていないのだ。

「そ、それが……」

管制室長が青い顔で弁明しようとした、その時だ。

通信画面に若い女の顔が映ったのである。

「お待たせ、ケリー。――掌握したわ」

ケリーは自分の通信機だけに知らせろと言ったが、ダイアナはダイアナで今度のことに腹を立てていた。

彼女の操縦者を拉致《らち》した人間に思い知らせてやる意味で、わざと顔を見せたのだ。

「わたしの操縦者をよくも勝手に連れて行ったわね。返してもらうわよ」

さらに別の女の声が厳然と割って入ってくる。

「その通りだ。人の夫を何だと思っている。持っていくなら持っていくと、一言わたしに断るのが筋というものだろうが」

「ジャスミン。それ、論点が違うわよ」

「そうか？」

大真面目なこの会話に管制室は呆気《あっけ》にとられたが、驚いている暇はなかった。

管制室の扉が突然、解放されたからだ。

さらには宇宙船発着場の一つが突然、稼働を始め、宇宙船を迎え入れる態勢を取った。

管制室長は再び真っ青になって怒鳴《どな》ったのである。

「何をしている⁉」

「違います！　ここからの指示ではありません！」

「ふざけるな！　この管制室以外のどこから指示が出ていると言うんだ！」

「だから言ったでしょう。掌握したって」

ダイアナが笑った。

「その館はもうわたしの思うままよ。隔壁と部屋の扉を全部解放したわ。ケリーが自由に動けるように。──ねえ、ミスタ・ストリンガー。あなたが誰かは知らないけれど、この意味はわかるわね。ケリーはもうじきあなたのところに現れるわよ」

この時ストリンガーは贅《ぜい》を尽くした自室にいたが、怒りのあまり真っ赤になっていた。

この時まで、ストリンガーは少年たちとケリーが逃げ出したことさえ聞かされていなかったのだ。

現場の人間は失敗を上に報告するより先に何とか失態を償《つぐな》おうとするものである。

その結果、最悪の事態を招く。

ダイアナは楽しげな口調でさらに言った。

「宇宙船の発着場は閉鎖したわ。これからわたしが乗り込む一カ所を除いてね。あなたはもうどこへも逃げられない」

憎悪に顔を歪《ゆが》めながら、ストリンガーは不気味に笑った。

「小娘が生意気を抜かしよる。しかし、少々慢心が過ぎるようじゃな。わしが捕らえられると思うか」

「あら、じゃあどうするのかしら？」

ストリンガーは答えず、黙って通信を切った。

数分後――。

クインビーの操縦席でジャスミンは眼を見張った。

全部の発着場を閉鎖したとダイアナは言ったのに、巨大な壁の一部が開いて、そこから大型の宇宙船が進み出てくるのが見えたからである。

「ダイアナ！　どういうことだ⁉」

「ケリーの指示よ。あのおじいさんを追い出せって。それに、あのおじいさんのいるところだけ独立した管理脳が働いているのも本当なの」

「おまえでも攻略できない難物なのか？」

「不可能ではないけれど、外へ出したほうが早いわ。それにこのまま終わらせたら《ピグマリオンII》がおさまらないでしょ」

もっともな話だったが、問題は出てきた船だ。

ストリンガーが逃げるための脱出船だと思ったら、それは正真正銘の戦艦だったのである。

ジャスミンが覚えず唸った。

「こんなものまで隠し持っていたとはな。大物だぞ。ウェルナー級戦艦だ」

ダイアナも真剣な表情で操縦者を促《うなが》した。

「ケリー、厄介《やっかい》なものが出たわ。急いで合流して」

軍用管理脳を攻略するのは、いくらダイアナでもある程度の手間と時間が掛かる。

その間に一撃を食らったら、おしまいだ。

こんな時には操縦者の力がぜひとも必要だった。

ところが、大至急合流しようとするはずの彼女の操縦者は信じられないことを言ってきた。

「悪い。少し持ちこたえてくれ。俺にはまだここでやらなきゃならないことがある」

ダイアナのみならずジャスミンも驚いた。

これはまったくケリーらしくない言い分だったが、ジャスミンは頷き、大胆不敵に言った。

「わかった。任せろ」

立て続けに建物を襲った衝撃に、ヴァンツァーもレティシアもさすがに驚いたが、慌てはしなかった。

閉まっていた扉が全部解放されたのを見ただけに、なおさらだ。むしろ、やっと来たかと思った。

前に乗船した時、《パラス・アテナ》の呼び出し番号は聞いている。通信室を探して、レティシアはダイアナに呼びかけた。

「船の姐《ねえ》さん。聞こえるかい？」

「ええ。感度良好よ。連絡してくれてよかったわ。こちらから掛けようと思っていたところよ」

「呑気なもんだな。兄さんと俺たちがいるってのに、よくまあばんばん撃ってくれたもんだぜ」

「あら、それは意外ね。ケリーならあのくらい全然平気なのよ。あなたたちも平気だと思ったんだけど、少し手加減しなきゃいけなかったのかしら？」

こういう図太い言い方は実はレティシアの趣味にたいへん合っているので、笑って言い返した。

「否定はしねえけどよ。この館を丸ごと吹っ飛ばすつもりなら、俺たちもそろそろ逃げたいんだがな」

「大丈夫。これ以上そこは撃たないわ。後で迎えに行くから待っていてちょうだい」

「あいよ。――ちょっと待った。でっかい姐さんはそこにいるかい？」

「いるぞ。なんだ？」

レティシアは口調をあらため、彼にしてはひどく真面目な声で言った。

「東西ウィノア特殊軍って何だかわかるか？」

「…………」

「じいさんが言ってたんだが、じいさんの毒ガスで東特殊軍を殺してやれなかったのが心残りなんだと。――つまり、西は殺したってことだよな」

「…………」

「まあ、どうでもいいことかもしれないんだけどよ。あんたの亭主、ちょっと変だぜ。俺たちから見てもかなりおかしい」

「わかった。――知らせてくれて感謝する」

硬い声で答えると、ジャスミンはレティシアとの通信を切って、喘ぐような声でダイアナに言った。

「——あの毒ガスをつくった？　ストリンガーが！

そんなことがあるものなのか⁉」

「信じられないわ」

ダイアナも硬い声で言い返した。

「とても信じられないけれど、そうとわかった以上、わたしのやることは一つしかないわね」

「訂正しろ。わたしたちだ」

「そうね」

発着場から威容を現した戦艦に続いて、もう一隻、船が出てきた。十万トン級の民間船だ。

ダイアナもジャスミンもストリンガーはこの船の中だと直感した。

「ダイアナ。一応訊くが、あの船の感応頭脳を攻略することは可能か？」

「戦艦が黙って見ていてくれるなら可能だと思うわ。残念ながら、とてもそんな気はないみたいだけど」

その通りだった。

戦艦は《パラス・アテナ》とクインビーに照準を合わせて、一斉に砲撃してきた。

凄《すさ》まじいエネルギーの渦が二隻に襲いかかる。

無論、まともにくらったりはしない。回避したが、その時にはミサイルが飛んできている。

クインビーは驚異的な加速性能を発揮して逃げた。

《パラス・アテナ》は対物防御で何とかしのいだが、この戦艦は五万トン級一隻と戦闘機一機で戦うにはいささか分が悪過ぎる相手だった。

その隙に十万トン級が戦闘宙域を離れていく。

ジャスミンは戦艦の攻撃を躱しながら一矢報いる隙を探していたが、その動きに気づいて叫んだ。

「《ピグマリオンⅡ》！　おまえたちの出番だぞ！　あの船を追え！」

「馬鹿なことを言わんでください！　あなたたちを見捨てろと言うんですか！」

ダンは憤然と言い返してきた。

その言葉どおり《ピグマリオンⅡ》は戦闘宙域に入り込んでこようとしている。

《パラス・アテナ》とクインビーが危険だと判断し、援護をするためにやって来る。

「来るな！」

叫んでも《ピグマリオンⅡ》は進路を変えない。

ジャスミンはヘルメットの中で赤い髪を逆立てて、本気で怒号を発した。

「やめろと言うのがわからないのか、船長！」

空気がびりびり震えるような大喝《だいかつ》だった。

通信機の向こうで怒鳴られたダンも、他の乗員もこの気魄《きはく》にはさすがに怯《ひる》んだらしい。

船の進行が少し鈍った。

ダイアナも忙しく回避行動を取りながら言った。

「あなたたちはあの船を追ってちょうだい。あれを逃がすわけにはいかないのよ」

「しかし、無茶だ！　そっちはどうなる！」

ダンは本気で悲鳴を上げたが、彼の母親は戦艦に立ち向かいながら、威厳に満ちた声で言った。

「おまえはわたしの夫を知らない」

「…………」

「あの男と《パラス・アテナ》が組めばウェルナー級だろうと敵ではない。だから、あの男が戻るまで持ちこたえれば、わたしたちの勝ちだ」

「そんな……！」

「いいから、さっさとあの船を追え。おまえの船を撃たせたストリンガーはあの中なんだぞ」

ダンはそれでもまだためらった。

母親を見捨てて行くようで居たたまれなかったが、ジャスミンはそんな息子に容赦のない台詞《せりふ》を吐いた。

「ただし！　絶対に逃がすなよ！　取り逃がしたらわたしが二十センチ砲でおまえの船を撃つからな！こっちを片づけたらわたしもすぐに行く！」

《ピグマリオンⅡ》の面々は今度こそ首をすくめて、慌てて十万トン級を追った。


その頃、ケリーは目当てのものを探し当てていた。

研究施設が集中しているブロックの中枢頭脳——

正確には情報脳の中に、それは残っていた。

これだけは残しておくわけにはいかなかった。

この記録が他の頭脳に移植されていないかどうか、どうしても確かめなくてはならなかったのである。

本当は、こんなことならダイアナの十八番《じゅうはちばん》だ。

頼めば一瞬で調べてくれるのはわかっていたが、それはしたくなかった。

自分の手で始末をつけたかったのだ。

他のどこにも記録が存在しないことを確認すると、ケリーは銃を構えた。

情報脳を撃ち抜こうとしたが、気が変わった。

その情報を、超小型の——小指の先に乗るほどの記録媒体に保存する。

その記録媒体を取り出して口の中に張りつけると、今度こそ情報脳を破壊した。

発着場に走りながら腕の通信機で話しかける。

「ダイアン、待たせたな。今から合流する」

「急いで！　ケリー。ちょっとピンチよ」

「女王。ダイアンと合流する間、一人でその大物を抑えていられるか？」

クインビーの負担を心配しての問いかけだったが、ジャスミンは呆れたように言い返した。

「誰に言っている？」

「俺の女房にだ」

ジャスミンは満足そうに笑ってきた。

「わかっているじゃないか。——急げよ」

《ピグマリオンII》はあっという間に十万トン級に迫っていた。

もともと並はずれた快速を誇る船である。

スクリーンに大きく映った十万トン級の姿を見て、乗員一同、意気軒昂《けんこう》たるものがあった。

「よくも俺たちの船に穴を開けやがったな！」

船乗りにとってこれ以上の屈辱はない。

背後から接近してミサイルをぶち込もうとしたが、そううまくはいかなかった。

この十万トン級も武装していたのである。

しかし、ミサイルや砲ではない。戦闘機を二機も出して攻撃してきた。

「やろう!」

操縦士のトランクが怒髪天《どはつてん》を衝く形相で叫んだ。

「ダン!　やばいぜ!」

「ああ、わかってる」

険《けわ》しい顔をしながらも、ダンは攻撃態勢に入った。

宇宙海賊とやり合うことも多いだけに、《ピグマリオンII》は船体の何カ所かに砲を備えている。

戦闘になった場合、攻撃は主にダンの役目だった。

宇宙海賊の戦闘機が相手なら接近させないことが何より肝心になる。そのためにも撃って撃って撃ちまくるのが常だったが、今回はそれではまずい。

二機の戦闘機を追い払っている間に十万トン級に跳躍されてしまっては元も子もない。

ショウ駆動機関《ドライヴ》は《門《ゲート》》を必要としない跳躍を可能にしたが、《門《ゲート》》を跳ぶのに条件があるように、ショウ駆動機関《ドライヴ》も、いつでもどんな時でも跳べるという性質のものではない。

特に今の十万トン級のように、必死に逃げながらショウ駆動機関《ドライヴ》を作動させるというような無茶は、慣れていない操縦士には逆立ちしてもできない。

そのための二機の戦闘機なのだ。

二機が《ピグマリオンII》を足止めしている間に、ゆっくり跳躍態勢をつくるつもりなのだ。

《ピグマリオンII》はそうしたことを一瞬で悟った。

となれば、一刻も早くこの二機を片づけなくてはならなかったが、機動性では小型の戦闘機のほうがどうしても勝るのは致し方ない。

しつこい蠅《はえ》のようにまとわりついてくる。

ジャンクは経験よりも勘の鋭さで戦闘機の軌道を予測し、トランクは軽業《かるわざ》のような勢いで船を操った。

ダンも砲を駆使して二機を叩き潰そうと試みたが、そもそもが迎撃するためではなく、追い払うことを目的とした武装である。

《ピグマリオンⅡ》は民間船としては驚異的な運動性能を誇る船ではあるが、ひらりひらりと飛び回る戦闘機を狙って撃ち落とすには、三万トン級という船体はやはり重すぎ、そして大きすぎた。

ジャンクが叫んだ。

「十万トン級にドライヴ反応！　まずいぜ！」

タキも唸った。

「ダン！　あれを跳ばしちまったら、俺たちが宙《うみ》の藻屑《もくず》にされるぞ！」

「そんなことはわかってる！」

さっき怒鳴られたのがかなり効いている。何より、あの人はやると言ったら本当にやりかねないのだ。

めったやたらに撃ちまくった砲が運良く戦闘機をかすめ、その一機は小さな花火になって消えた。

「あと一機！」

ところが、《ピグマリオンⅡ》の砲が当たるより先に、その一機が突然爆発した。

強烈なエネルギー砲弾による爆発だった。

「なにい⁉」

《ピグマリオンⅡ》の船橋は眼を剝《む》いた。

さらに、次の瞬間、跳躍寸前だった十万トン級の機関部が吹き飛んだ。

こちらは明らかにミサイルによる攻撃だった。

絶句している船橋に男の声で通信が入る。

「とどめを刺せよ、《ピグマリオンⅡ》。そいつはおまえの獲物だぜ」

「ケリー！」

信じられなかった。

戦闘機を片づけたのはクインビーで、ミサイルを撃ったのは《パラス・アテナ》である。

あの戦艦をどうやって躱してきたのかと思ったが、ケリーには眼の前の十万トン級のほうが重要だった。

ダンが答えないので、さらに言った。

「動けない船を撃つのは気が進まないって言うなら、それでもいいぜ——俺が代わりにやる。あの船にはどうしても生かしておけない奴が乗ってるからな」

トランク、タキ、ジャンクの三人がダンを見る。
ダンも彼らを見つめて頷いた。
通信機に向かって言った。
「それはわたしにとっても同じことです」
言った時にはミサイルの発射ボタンを押していた。
半身不随《ふずい》の十万トン級は色鮮やかな花火となって、宇宙に散った。

11

タキはかろうじて眼を丸くするだけですませたが、トランクは信じられないものを見る顔になったし、ジャンクは呆《あき》れ果てた口調で率直に叫んだくらいだ。

「その船でウェルナー級戦艦を？　どうやって！」

「悪いな。説明している時間がない。連邦大学から連れてこられた二人を送り届けなきゃならん」

《パラス・アテナ》と《ピグマリオンⅡ》はここで二手に分かれた。

《ピグマリオンⅡ》には《門《ゲート》》は跳べないからだ。

その別れ際、ダンは非常識というにもあまりある両親に向かって、疲れたように笑って言った。

「お先に失礼しますよ。それでも我々が戻るほうが遥《はる》かに遅くなりますが……。また後日、連邦大学でお会いしましょう」

「ああ。ジェームスが船長を心配していたそうだ。なるべく早く帰ってやれよ」

「わかっています」

《ピグマリオンⅡ》の跳躍を見送ると、《パラス・アテナ》が──


「怪我はないか、船長？」

と、ジャスミンは言った。

「……痛むのは頭だけですよ」

いささかの皮肉を込めてダンは答えた。

これではまったく何のためにここまで出向いたかわからないが、ジャスミンは屈託なく笑っている。

「よかった。どうやら間に合ったな」

「ですが、あのウェルナー級は……？」

民間船が戦艦をどうにかできるはずがないのだが、ケリーはあっさり言った。

「片づけた」

簡単に言わないでほしいとダンは心から思った。

他の乗員も同様の感想を抱いたらしい。

アテナ》は無人になったストリンガーの館に戻った。

そこは本当に無人になっていた。

ダイアナが人体の生命反応を探知してみたところ、二つしか反応がない。

今は普通の高校生をやっているという死神二人は、発着場で船が着くのを待っていた。

見たところ、ほとんど返り血を浴びてもおらず、普段の様子と変わらない。

それどころか、迎えに下りたケリーの顔を見て、レティシアは笑って言ったのだ。

「ちょっとは戻ったらしいな、兄さん」

ケリーには意味がわからなかった。首を傾《かし》げた。

「何のことだ?」

「なあに、こっちの話。憑物《つきもの》が落ちたってことさ」

これにはさすがに苦笑する。

レティシアもヴァンツァーもちょっと笑った。

二人を乗せた後《パラス・アテナ》は通常航行で、ベッカリア星系の《門《ゲート》》を目指したのである。


跳躍までの短い時間、ケリーは久しぶりに自分の船の居間でくつろいでいた。

ジャスミンがやって来てその隣に座る。

少年たちはさすがに血の臭いが気になると言って風呂を浴びた後、船室に籠《こ》もって出てこない。

久しぶりに夫婦水入らずと言えなくもなかったが、ジャスミンは珍しく話題に困っていた。

何をどう話せばいいのかとさんざん悩んだあげく、自分が下手な遠慮をしても始まらないと開き直って、今もっとも疑問に思っていることを訊いた。

「さっき、何をもたもたしてたんだ?」

「これをな。持ち出してきた」

ケリーは超小型の記録媒体をかざして見せた。

「最初は見ずに処分しちまおうかとも思ったんだが、まあ、一応な……」

中身は何かと、ジャスミンは眼だけで尋ねた。

ケリーも無言で、居間の端末を使ってその中身を再生した。

すると、小さな内線画面に大勢の人間の顔写真がずらりと並んだのである。

ほとんどが若い顔だった。二十代がもっとも多いようだが、少年もいる。少女もいる。

みんな質素な服を着て、そしてその顔写真の下に例外なく番号がつけられている。

ジャスミンはもう少しで悲鳴を上げそうになった。大きく喘《あえ》いで、震える声で言った。

「海賊。これは……」

「西ウィノア特殊軍の——あの事件が起こる直前の五万人分全員の資料だ」

ジャスミンは何とも言えない眼でケリーを見た。

決して快《こころよ》い記憶ではないはずなのに、どうしてこんなものを持ち出したのかと思った。

だが、写真を見るケリーの眼はどちらかというと穏やかなものだった。五万人の中から一つの番号を検索して、その写真だけを表示した。

端末画面に一人の少女の顔が映し出される。

歳は十代の半ばくらい。健康そうな、陽に焼けた肌をしている。赤みがかった茶色い髪の少女だった。

ジャスミンは息を呑んでその顔を見つめていた。

この顔を知っていた。

以前、確かに会ったことのある顔だった。

といっても、それはもう遥かに遠い昔のことだ。

今となってはほとんど思い出せなくなっていたが、こうして見れば、それが誰だかわかる。

「これは……マルゴか？」

「ああ」

ケリーの横に座ったジャスミンは身を乗り出してまじまじと、その少女の顔を眺めていた。

ちょっと勝ち気そうな茶色の眼が印象的だった。眉《まゆ》は濃く、赤い口元はたっぷりと豊かで、鼻筋が通っている。全体的に可愛い顔立ちだった。

深いため息を吐いて、ジャスミンは言った。

「……意外だ」

「何が?」

「わたしの覚えているマルゴはもっと、何というか、大きいお姉さんだったのにな……。こうして見ると、本当に十五歳の女の子だ」

ケリーは笑った。

「あんたが大きくなったのさ」

「この中に、おまえの写真もあるのか?」

「そりゃあな。――見たいか?」

「そうだな。いや、後で見せてもらうことにする」

ジャスミンはケリーの傍にぴったりとくっついて、その腕に自分の腕を絡《から》めてもたれかかった。

密着しているとしか言いようがない距離である。

ケリーのほうが驚いて眼を丸くした。

「何をしてるんだ?」

「あのな、海賊。おまえはわたしの夫だろう」

「今さら言われるまでもねえよ」

「だから、これは妻が夫に甘えているところだ」

ほとんど脱力して椅子に沈みそうになったケリーだった。

「……そこまで偉そうにふんぞり返って言われても、甘えられてる気が全然しないんだがな」

「細かいことを気にするな。――第一、この姿勢はふんぞり返っているとは言わないはずだ」

「いや、待て。女王。それは全然細かくないぞ」

「それより、わたしは他の人たちの写真が見たいな。ハロルドと、アネットと、それから……」

「話をごまかすな。甘えるんならもっとやりようがあるだろう」

真剣な話し合いが続く間に《パラス・アテナ》は連邦大学惑星を目指して《門《ゲート》》を跳んでいた。

あとがき

今回は珍しい組み合わせの人たちが表紙です。

前々から一度、この三人を中心に据《す》えた話を何か書けないかと思っていました。

とは言っても、一見何の共通点もない人たちですので、書きたいことは書きたいけれど、どうしたものかと悩んでいたのも確かです。

ところが、ある日、このシリーズだけに通用する『いっぺん死んだ組《ぐみ》』という共通点があると思いつきました。

これで行こうと考えたものの、なかなか形になってくれずに苦労しましたが（いつものことですな……）ファロットの二人には久しぶりに本来の土俵《どひょう》で働いてもらいました。

もっとも、こんな本領は平和な世界で発揮してもらっては困りますし、彼らも腕が鈍る心配はあまりしていないようです。腕前を披露《ひろう》する場がなくても全然平気です。

今回、基本的に初版に入っているはさみこみのチラシが『クラッシュブレイズのとてもかたよった人物紹介』というものでして、編集部がつくってくれたものです。

作者はそれを見て、半分は頭を抱え、半分は腹を抱えて笑いました。

うーん。こうしてあらためて文章になってみると、ものすごく荒唐無稽《こうとうむけい》だ……。

ところで、次回はクラッシュ・ブレイズは一度お休みです。

その代わり、前々から考えていた『デルフィニア戦記』の外伝を書こうと思います。

ただし、王妃さまは出てきません。

クラッシュ・ブレイズのリィがデルフィニアに戻ってという話では絶対ありませんので、その点はくれぐれもお間違えのないようにお願いします。

何故そんなことをわざわざ書くのかと言う方もきっといらっしゃるでしょうが、外伝を書こうと考えた時から、これだけは先にお断りしておかなくてはと思っていました。

そうしませんと『王様と王妃さまが再会』と考える方が必ずいらっしゃると思いますし、実際に本が出た後でその方たちを失望させることになるのは明らかだったからです。

さらに言えば、王妃さまだけでなく、王様もほとんど出ないのではないかと思われます。

では何なのかと言われそうですが、第一に舞台がデルフィニアであること。

デルフィニア本篇の主要な登場人物に焦点《しょうてん》を当てた話になること。

ですから本当に外伝です。

そしてもちろんイラストは沖麻実也さんです。

茅田砂胡

ご感想・ご意見をお寄せください。

イラストの投稿も受け付けております。

なお、投稿作品をお送りいただく際には、編集部
(tel:03-3563-3692、e-mail:cnovels@chuko.co.jp)

まで、事前に必ずご連絡ください。

〒104-8320　東京都中央区京橋2-8-7
中央公論新社　C★NOVELS編集部

パンドラの檻《おり》

——クラッシュ・ブレイズ

2005年11月25日　初版発行

著　者　茅田《かやた》 砂胡《すなこ》

発行者　早川 準一

印刷　三晃印刷（本文）
　　　大熊整美堂（カバー）
製本　小泉製本

発行所　中央公論新社
〒104-8320　東京都中央区京橋2-8-7
電話　販売部03(3563)1431
　　　編集部03(3563)3692
URL　http://www.chuko.co.jp/

Published by CHUOKORON-SHINSHA, INC.
Printed in Japan　ISBN4-12-500922-8 C0293
